KB103676

똑똑,
6학년 고민상담소

똑똑, 6학년 고민상담소

초판 _ 2022년 12월 27일

지은이 _ 조수연

디자인 _ **enbergen3@gmail.com**

펴낸이 _ 한건희

펴낸곳 _ 부크크

출판등록 _ 2014.07.15.(제2014-16호)

주소 _ 서울특별시 금천구 가산디지털1로 119 SK트윈타워 A동 305호

전화 _ 1670-8316

이메일 _ **info@bookk.co.kr**

홈페이지 _ **www.bookk.co.kr**

ISBN _ 979-11-410-0631-0

값은 표지에 있습니다.

똑똑,
6학년 고민상담소

Contents

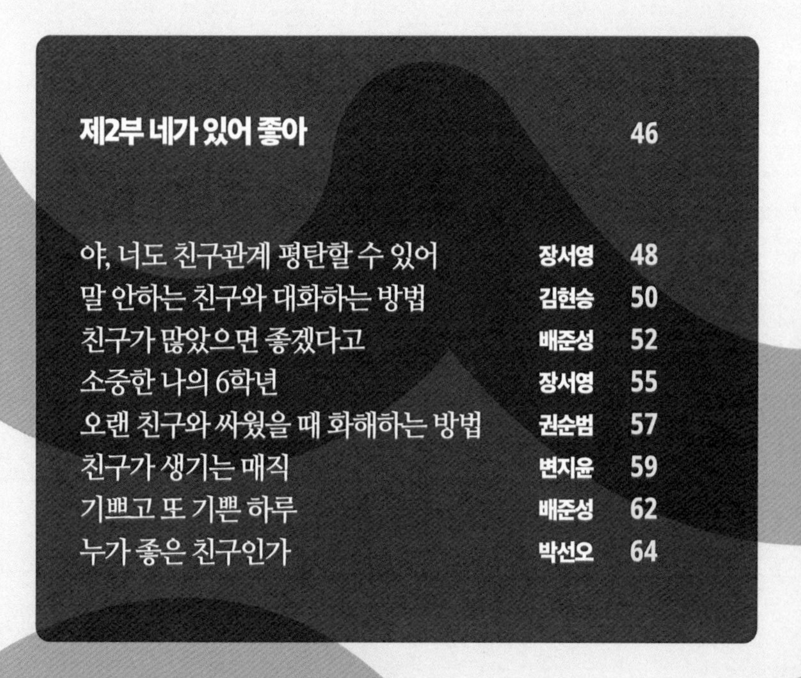

Recommendations

알아두면 쓸데 있는 신기한 6학년 이야기

곧 초등학교를 졸업할 우리 학교 6학년 선배들이 책을 냈다고 하여 너무 기대가 되었습니다. 역시나 선배들의 글은 저의 기대를 저버리지 않았고, 아니 기대 이상이었습니다.

저도 5학년이 된 후에 성장과 공부, 친구 관계에 대해 고민이 많았는데요. 이 책을 통해 저의 고민이 공감받는 느낌을 받았고 위로가 되었습니다. 또 도움 되는 조언들을 들을 수 있었습니다. 같은 어린이가 쓴 글이기에 더욱 공감이 되었습니다.

저는 신기할 뿐이었습니다. 이렇게 상황을 분명하게 보고 설명을 잘해줄 수 있다니 말입니다. 6학년이 되면 누구나 이 정도의 생각을 할 수 있는가! 감탄하였습니다. 왜냐하면 믿기 어려운 깊은 생각들을 책 속에 고스란히 담아냈기 때문입니다.

여러분도 똑똑, 노크해 보세요.
6학년 고민상담소 안에는 신비한 6학년 선배들의 이야기가 기다리고 있습니다. 학교생활 밀착 에세이가 가득한 상담소 안으로 여러분도 꼭 들어가 보세요.

4-1 조소은

말 못 할 고민을 이야기할 수 있는 신기한 고민상담소

나만 이런 고민하나? 싶어 누구에게 묻고 싶어도 그러지 못하고 혼자 고민하다 어찌 해결해 보려 애쓰다 지쳐서 고민하기를 그만두었다. 그러다 이 책을 읽었다. '아, 나만 이런 고민하는 게 아니었구나! 어쩌면 우리 서로 그런 고민을 하면서도 말하지 못했다는 걸 알게 되었다. 언니, 오빠들이 추천해 주는 고민 해결법들을 보면서 나는 새로운 도전을 해보고 싶어졌다.

'나도 새 학기가 되면 실천해 봐야지' 밑줄을 그어 두기도 하고 '내가 진심으로 바라는 장래희망은 뭐지?' 생각해 보게 되었다. 또 '평범한 일상 속에서도 새로운 관점으로 보면 일상 속 보물을 발견할 수 있구나!' 싶었다.

고민이 있어 어른들과 이야기를 해봐도 크게 와닿는 해결법이 없었다. 너무 어른스럽게, 어른들의 시각으로만 방법을 제시하니까 내가 정작 해 볼 만한 것들은 별로 없었다. 어른들은 위로해 주는 부분이 많았다. 그런데 이 책을 보면서 난 통쾌함을 느꼈다. 내가 6학년이나 나중에 하게 될 고민들도 알 수 있었고 나름의 해결방법들도 생각해 볼 수 있어서 도움이 되었다.

단지 얼마의 시간을 내어 책을 읽었을 뿐인데 나의 자신감을 챙길 수 있었고, 뒤엉켜있던 친구 관계를 해결할 실마리도 찾을 수 있었다. 누구에게 말하지 못하는 고민이 있거나 다른 해결법을 찾고 싶은 친구라면 '똑똑, 6학년 고민상담소'를 한 번 읽어보길 추천한다.

5-3 문지원

생각보다 재미있는 고민상담소

제목만 봐도 재미있어 보였는데 직접 읽어보니 더 재미있었다. 내가 읽는 책들은 대부분이 어른들이 쓴 글들인데 나와 같은 나이대의 친구들이 쓴 글이다 더욱 공감이 되고 와닿았다.

목차를 보면서 지금 내가 하고 있는 고민과 같은 제목들이 보여서 빨리 읽어보고 싶었다. 친구들이 자신의 경험을 바탕으로 자세하게 써 놓아서 진짜 고민상담소에 다녀온 느낌이 들었다. 그동안 읽어온 고민 관련 상담책은 평범한 이야기들이라서 별로 기억에 남지 않는데 정말 사소한 것까지 공감 가는 것들이 많아서 읽기가 좋고 기억에도 많이 남는다.

곧 6학년이 될 후배들이 읽는다면 너무 도움이 될 것이다. 재미있는 이야기들과 꼭 알아둬야 할 이야기들이 가득한 이 책은 초등학교 학교생활뿐만 아니라 일상생활에서도 분명히 도움이 될 놀라운 책이다.

6-2 곽예원

지혜롭게 지낼 수 있는 도움의 상담소

사춘기를 겪는 중인 우리는 여러 혼란과 어려움을 겪고 있습니다. 그러면서 점점 성숙해져갑니다. 이럴 때에 서로를 조금 더 이해하고 존중해 준다면 좋을 텐데 그러지 못해서 일어나는 갈등들도 있습니다. 이 책은 그 과정을 지혜롭게 지낼 수 있도록 도움을 줍니다.

「똑똑, 6학년 고민상담소」에서는 문제 앞에서 감정에 휘둘리지 않고 지혜로운 선택을 할 수 있도록 도와줍니다. 또 도덕적으로 어떠해야 하는지, 좋은 친구관계를 맺고 유지하려면 어떻게 하면 좋을지 등도 생생하게 알려줍니다. 이 책은 곧 6학년이 될 후배들에게 유용하지만 6학년인 또래에게도 유익할 것 같습니다. 가족이나 다른 친구들에게 사춘기를 겪는 아이들이 어떻게 보이는지를 객관적으로 알게 해주기 때문에 공감하며 읽을 수 있습니다.

즐겁고 기쁠 때 6학년 고민상담소에 와서 함께 이야기 나눠보세요. 또 힘들고, 외로울 때도 와서 함께 나눠보세요. 그러면 더 풍성해지고 재미있어지는 고민상담소로 만들어 갈 수 있을 겁니다. 여기에는 생활에 유용한 꿀팁들도 곳곳에 들어있어서 읽는 동안에 오호! 하는 감탄사를 몇 번씩 하게 될 겁니다. 다른 초등학생들도 저처럼 즐겁게 책을 읽을 행운을 얻기를 바랍니다.

6-5 서승민

평범 씨의 비범한 나 같은 남 이야기

6학년이라면, 곧 6학년이 될 학생들이라면 한 번쯤 하게 될 고민들과 그에 따른 지혜로운 해답들, 그리고 또래 아이들과 후배들에게 들려주고 싶은 경험들이 책 속에 들어있습니다.

한 사람의 이야기가 아니라 스물네 명의 나와 같은 아이들이 쓴 다양한 이야기들이 가득합니다. 그래서 저마다 표현 방식이 다르고 말투와 개성이 묻어납니다. 그만큼 전하는 메시지도 다양합니다. 그래서 이 책은 신선하고 또 진실함이 느껴집니다.

진심으로 후배들에게 해주고 싶은 마음들이 보여서 이게 정말 6학년이 쓴 글이 맞는가? 하는 생각마저 들었습니다. 누군가를 위하는 마음이 아니라면 결코 이렇게까지 깊게 생각하지 못했을 거라는 생각이 들었습니다. 졸업을 앞두고 자신을 돌아보고 주변에 있는 가까운 사람들에게 좋은 영향을 끼치고 싶어 하는 마음이 느껴졌습니다. 한편으로 나도 저런 경험이 있었는데 표현하지 못했다는 생각과 '아, 저 방법을 써먹었어야 했어!' 하는 아쉬운 마음도 들었습니다.

이 글을 통해 또래 친구들과 후배들이 즐겁고 행복한 초등학교 생활을 이어갈 수 있었으면 좋겠습니다.

6-5 이태규

Prologue

먼저 한 내 고민이 상담이 되는 그 곳

"요즘 무슨 고민있어?"

이 책은 6학년이 6학년에게, 그리고 곧 6학년이 될 후배들에게 들려주는 생활밀착형 에세이예요. 초등학교 생활하면서 생기는 여러 고민들을 이야기 하고 있어요. 졸업을 앞두고 또래이자 선배로서 학교 안에서 일어나는 일들에 대한 슬기로운 생활 꿀팁을 담아두었고 학교 밖에서 먼저 한 고민들의 다양한 해결책도 들어있어요.

'고민을 고민해서 고민이 없어지면 고민이 없겠네' 라는 말은 너무 고민하지 말라는 뜻이지요. 그런데 살면서 어떻게 고민을 안해요? 여기서는 그 고민 혼자 하지 않도록 또래나 비슷한 나이대의 선배가 같이 들어줘요. 단지 고민을 편안하게 말할 수 있고 내 이야기를 가만히 들어만 주어도 좋잖아요. 부모님, 선생님도 참 좋지만 이제는 친구나 선배가 좋아질 때니까요. 여기 와서 함께 이야기 나눠주세요.

힘들 때 곁에 있어주는 사람이 참 고맙잖아요. 그래서 같이 이야기 나누면서 생각지 못한 해결책이 나오기도 하고 넌지시 건네주는 충고로 고민에서 해방되기도 하고요. 6학년 고민상담소의 문은 항상 열려 있어요. 똑똑, 문만 두드려주세요. 여기에는 또래가 주는 달콤한 에너지바가 있고 선배가 미리 맞혀주는 따끔한 백신도 있어요. 언제든지 오세요.

제1부
그땐 몰랐고 지금은 아는

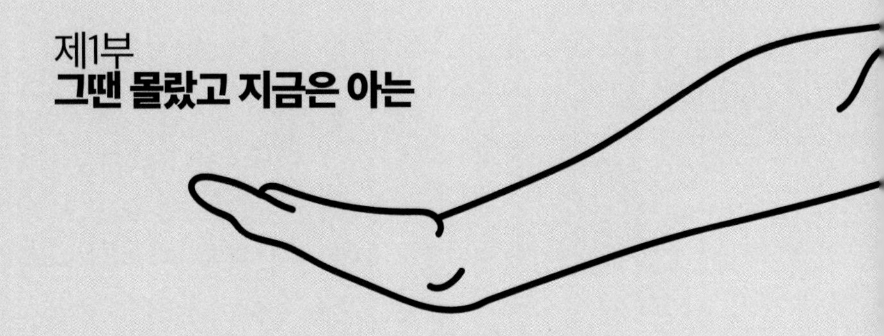

졸업 사진 찍기 전에 읽어야 할 글

이온유

졸업 사진을 찍는 것이 걱정되니? 그렇다면 졸업 사진 찍기 전에 이 글을 읽어봐. 분명 도움이 될거야. 그럼 이제부터 졸업 사진에 대한 전반적인 이해, 잘 찍을 수 있는 방법 등을 구체적으로 알려줄게.

6학년이 되면 졸업 앨범에 대해서 걱정이 많이 될 거야. 한번 찍으면 영원히 남는 것이니까 말이야. 우선, 졸업 사진으로 어떤 것들을 찍게 되는지 알려줄게. 졸업 앨범에는 모둠 사진, 프로필 사진, 6학년 전체 사진, 단독 사진, 반 전체 사진, 동아리 사진과 평소 학교 생활모습 등이 실려. 앞에 사진들은 업체에서 와서 사진 기사분이 찍으시고 동아리 사진이나 평소의 모습은 담임선생님께서 휴대전화 등으로 수업 시간 중간 중간에 찍어서 업체로 넘겨주시더라.

사진을 찍는 시기가 궁금할 것 같은데 그건 학교마다 앨범 제작 업체와 계약을 어떻게 하느냐에 따라 달라. 하지만 대체로 여름에 찍어. 여름옷 색깔이 밝고 바깥 풍경도 예쁘게 나오기 때문이지. 우리 학교의 경우에도 대부분의 사진을 여름에 찍었고, 추가로 전교 임원사진이나 동아리 사진 등 몇은 초가을에 찍었어. 사진을 미리 찍어가야 업체에서도 편집이나 마무리 수정작업을 할 수 있으니까 미리미리 찍더라고.

지금부터는 세부 사진에 대해 설명 해줄게. 모둠 사진은 모둠끼리 찍는 사진이야. 모둠 사진에서 모둠은 편의상 번호 순서일 가능성이 제일 커. 정해진 모둠원끼리 컨셉을 정해서 소품, 의상, 대형, 포즈 등을 미리 상의 해. 그래서 연습을 몇 번 해보고 대형을 맞춰놓고 찍는 것이 좋아. 코스프레를 하는 것도 좋은 생각이지. 하지만 코스프레를 할 때 입을 옷은 미리미리 사거나 대여해서 졸업 앨범을 찍는 날 입을 수 있도록 하는 것이 좋아. 해외 배송이 늦어지는 경우도 있고 국내 배송이라도 택배 업체 사정으로 늦어지면 곤란하니까 미리 일정을 점검해보는 것도 좋은 생각이지.

프로필 사진은 혼자서 어깨까지만 나오도록 찍는 사진이야. 프로필 사진이라는 말에 걸맞게 실내에서 단정하게 찍지. 머리는 빗고, 옷은 다림질 된 단색 옷을 입는 것이 좋아. 안경을 쓴 사람은 안경을 좀 올려서 찍어. 안경 때문에 빛이 반사될 경우에는 안경을 벗고 찍을 수도 있어. 우리 학교는 강당에서 배경막을 치고 찍었는데 조명도 준비를 해놨더라. 어떤 학교는 시청각실이나 방송실 등에서 찍기도 한대.

단독 사진은 혼자서 몸 전체가 다 나오도록 찍는 사진이야. 예쁜 옷을 입고 가는 것이 좋겠지? 또 포즈도 다섯 개 정도 정해서 가야 해. 친구끼리 맞춰도 좋아. 하지만 지금 이 포즈가 유행이라고 그 포즈를 썼다가는 십 년 후 졸업앨범을 보고 후회할지도 모르니 많이 고민해 봐야 돼. 순식간에 찰칵찰칵 찍기 때문에 거울 앞에 서서 포즈 다섯 개는 미리 꼭 정해가. 알겠지?

6학년 전체 사진은 6학년 전체가 같이 찍어. 우리 학교는 운동장에서 찍었어. 키 순서로 첫 번째 줄, 두 번째 줄, 셋째 줄로 나누어 찍어. 학교의 인원에 따라 대형의 수는 바뀔 수 있어. 첫 번째 줄은 앉아서, 두 번째 줄은 무릎을 꿇어서, 세 번째 줄은 일어서서 찍는 식이야. 그래야 얼굴에 그늘이 생기지 않고 모두 잘 나오니까.

반 전체 사진은 반끼리 찍는 사진이야. 각 반의 담임 선생님도 같이 찍어. 이것도 키 순서로 찍어. 첫 번째 줄은 의자에 앉기도 해. 운이 좋으면 선생님 옆에 앉을 수도 있어. 포즈를 똑같이 맞추기도 하는데, 혼자 틀리지 않도록 주의해야 해. 그럼 나중에 앨범을 받았을 때 부끄러움의 몫이 자기가 될 수 있어.

내가 알려줄 졸업 앨범에 대한 정보는 여기까지야. 이 내용들은 내 경험을 바탕으로 적어서 학교마다 다를 수 있어. 담임 선생님이 졸업 앨범에 대해서 잘 설명해 주실테니 많이 걱정할 필요 없어. 졸업 앨범 찍는 날에는 소품과 옷 등을 잘 챙겼는지 꼭 확인해. 아참, 웃는 연습도 해두면 좋아. 나도 졸업 사진을 찍기 전에 걱정을 많이 했는데 막상 학교를 가보니 어느새 시간이 훌쩍 지나가 버리고 촬영이 끝났더라고. 친구들과 웃으면서 찍다보니 어느새 졸업 앨범 찍는 그날 또한 추억이 되었어. 그럼 너도 편안하고 즐거운 마음으로 멋진 추억 만들기를 바래.

전교나 학급임원을 하고 싶은 친구에게

이유일

전교회장이나 부회장, 학급회장이나 부회장을 하고 싶다고? 내가 지금부터 들려줄 이야기에는 세 번의 학급임원과 전교학생회 부회장을 한 경험을 담아서 쓴 당선 꿀팁이 들어있어. 전교나 학급임원을 하고 싶은 너에게 도움이 될지도 모르겠다. 당선을 위해 크게 연설과 포스터로 나누어서 적었으니까 밑줄 치면서 잘 읽어주면 고맙겠어.

우선 당선을 위해서는 연설을 효과적으로 해야 해. 평범하게 공약을 나열하는 식의 연설만 하면 유권자(그러니까 투표권을 가진 학생들이지)들에게 주목을 받지 못해. 짧은 순간에 여러 후보들의 연설을 듣기 때문에 아무래도 집중력이 떨어지거든. 그래서 나무젓가락을 한 번 써서 눈과 귀를 집중시켜 볼게.

"안녕하십니까? 저는 기호 1번 이유일입니다. 여러분이 저를 뽑아주셔서 00이 된다면 똑 부러지는(나무젓가락을 단번에 탁 부러뜨리며) 00이 되겠습니다."

연설할 때는 자세가 중요한데 소심하면 안돼. 오히려 당당해야 해. '여기가 내 집 안방이다' 생각하고 편안한 마음으로 해야 해. 혹시 말을 하다가 실수하더라도 실수한 티를 내지말고 자연스럽게 이어서 하면 돼. 시선은 준비된 연설문을 잠시 슬쩍 보고 카메라를 보고 말해야 해. 그런데 이건 갑자기 안되기 때문에 집에서 휴대전화로 영상을 찍어보는 것이 도움이 돼. 카메라를 응시하는 연습, 꼭 하고 방송실에 가. 연설 순서는 재미있게 시작해서 본론에서 공약 말하기, 공약 다시 한 번 강조하기, 끝인사 로 하면 돼. 시작은 가볍게 웃으면서 기호, 이름을 또박또박 말하면 되고 재미있게 하면 좋은데 유행어나 삼행시, 악기연주 같은 것도 좋아. 그런데 너무 히트 중인 동작이나 노래는 피하는게 좋아. 후보가 많아서 겹치는 순간 그건 효과가 거의 없어져.

이제 눈과 귀를 집중시켰다면 자신의 공약을 잘 전달해야 해. 공약을 너무 쉽게 생각해서 지키지 못할 것을 이야기하면 안돼. 또 누구나 다 하는 것을 내세워서도 안돼. 유권자들은 나중까지 네가 공약을 잘 지키는지 관심을 가지고 지켜보거든. 거짓말을 하는 후보는 후배다 동료로부터 믿음을 얻지 못해. 그래서 리더십도 생기기 않아. 공약은 각 학교마다 상황이 다르기 때문에 똑같이 적용할 수는 없어. 학교의 상황에 맞게 우리 학생들에게 필요한 것이 무엇인지 살펴봐야 해. 그런데 돈이 들어가는 것이나 시설물, 교육과정에 관한 것은 함부로 이야기 하면 안돼. 실천이 가능한지 등을 관련되는 분들이나 선생님과 먼저 상의를 해서 가능하다면 공약으로 선택할 수 있어. 그리고 침착하게 준비한 순서대로 하면 돼. 집에서 여러 번 연습을 해가면 내 것인양 자연스럽게 말할 수 있어. 유권자들은 네가 준비를 얼마나 성의있게 했는지 다 알아.

다음으로 선거 포스터, 포스터 아주 중요해. 연설은 한 번, 길어야 두 번 할 수 있지만 포스터는 여러 날 동안 게시되어 있고 꼼꼼하게 살펴보기 때문에 신경을 써서 만들어야 해. 포스터 만들 때의 포인트를 말하자면 화려한 것이 좋아. 여러 후보들과 함께 나란히 게시되기 때문에 눈길을 잡아 둘 수 있도록 돋보이게 하면 좋아. 너무 심각한 표정을 짓거나 엄한 표정은 좋지 않아. 밝고 긍정적인 느낌을 주는 것이 좋은데 옷은 밝게 입되 너무 요란한 것은 피해. 웃는 얼굴이 좋은 인상을 줄 수 있어. 사진은 집에서 간단하게 찍을 수도 있지만 나는 사진관에서 찍는 걸 추천해. 보다 단정하게 보이고 기술적으로 사진의 효과 등을 주어 화질이 좋아. 또 사진을 붙이는 위치는 가운데보다는 왼쪽이나 오른쪽의 위쪽이 좋아. 크기는 15*18 정도야. 담당하시는 선생님께서 사이즈는 정해 주시니까 규격에 따르는게 좋아. 그럴리 없겠지만 입후보자들이 지켜야 하는 주의점들도 알려주시니까 공정 시비에 걸릴 수 있는 것은 어떤 것도 하면 안 돼.

이제 포스터에 담을 공약을 살펴보자. 유권자들은 보기보다 후보들을 잘 몰라. 특히 우리 학교처럼 크거나 전교생 수가 많다면 더욱 그렇지. 그렇기 때문에 유쾌하고 재미있게 자신의 이름을 알리는 것이 가장 효과적이야. 방법으로는 자신의 이름으로 삼행시를 적을 수 있는데 내 이름으로 예를 들어 볼게.

이: 이 세상에 내가 태어난 이유,

유: 유능한 신암초등의 일꾼이 되기 위해

일: 1번, 일도 잘하는 이유일 뽑아주세요.

어때, 그럴듯 하지? 이때 자신의 이름이 아닌 학교 이름, 열정, 별빛 같은 자신의 공약을 담아서 나타내도 돼.

지금까지 학급임원이나 전교임원이 되는 방법에 대해 신경써서 노하우들을 글에 담아보았어. 내 글이 입후보할 후배들에게 도움이 되었으면 좋겠네. 혹시라도 네가 당선이 된다면 더욱 보람있겠지? 적고보니 이 형(오빠)이 뿌듯한 마음이 든다. 너에게 행운이 따라주기를 바라며 이상 마칠게.

이제 눈과 귀를 집중시켰다면 자신의 공약을 잘 전달해야 해.

자신감이 없어

박선오

자신감이 없어서 고민이라고? 자신감은 자신이 있다는 느낌이잖아. 어떤 일을 해낼 수 있다거나 어떤 일이 꼭 그렇게 되리라는데 대하여 스스로 굳게 믿는 믿음 말이야. 나도 낯선 곳에 가거나 새로운 학년이 되면 떨리고 어색해서 뭐를 어떻게 해야 할지 몰라서 당황하기도 해. 그래서 잘하던 것 조차도 자신감이 없어서 잘못했던 적이 있어. 그런데 사실 그런 상황은 누구한테나 어디에서나 일어나는 일이잖아. 시간이 어느 정도 흘러서 익숙해지거나 스스로 상황에 맞은 해결 방법을 찾게 되잖아. 그것 말고 진짜로 자신감이 없어서 자꾸만 자기가 못나 보이거나 주눅이 들 때 해보면 좋을 만한 실전팁을 몇 가지를 소개해 볼게. 이것들은 내가 자신감을 찾는데 참 도움이 되었어. 너에게도 이 방법이 효과가 있으면 좋겠다.

제일 첫 번째는 친구를 사귀는거야. 나는 1학년 때 처음 입학하고 가장 먼저 친구부터 사귀었어. 먼저 인사도 나누고 이야기도 걸고 했지. 인사든지 말이든지 먼저 시작을 하느냐 마느냐에 따라 친구를 사귈수 있기도 하고 사귀지 못하기도 하는 것 같아. 크게 어렵지 않으니까 먼저 인사 나누기를 시작해 봐.

두 번째로는 선생님과 상담을 해보는거야. 선생님은 네가 더 갖추면 좋을 점이나 네가 고치면 좋을 점들을 잘 알고 계셔. 그래서 네가 상담을 한다면 해결 방법들을 제시해 주실수 있어. 혼자 너무 고민하지 않는게 좋아. 네가 선생님의 조언을 받아들여서 고쳐나간다면 너는 너 스스로에 대한 자신감을 되찾을 수 있을거야. 그리고 선생님들은 너의 부족한 점 뿐만 아니라 너의 장점이나 네가 스스로 깨닫지 못하는 좋은 점들을 잘 발견해 주기도 하셔. 선생님이 너무 어렵거나 친하지 않아서 상담을 하기 어렵다면 주변에 너를 좋게 봐주시는 부모님이나 다른 분들게 여쭤보는 것도 좋아. 그래서 네가 잘하는 점들을 키워나간다면 너는 훨씬 더 멋지고 자신감이 넘치는 아이가 되어있을거야.

세 번째로는 스스로 나는 할수 있다는 마음을 새기는거야. 누구나 이상하거나 못하는 점들이 있어. 너만 그런 것이 아니야. 그런데 누가 그것을 더 크게 받아들이고 그것만 생각하면서 못난 부분에 집중하느냐 그게 아니냐의 문제인 것 같아. 네가 잘하는 것, 너의 좋은 점을 스스로 크게 보고 그걸 더 잘하는 것이 훨씬 나아. 다 잘하려고 하는 것은 너의 욕심 아닐까? 네가 잘할 수 있는 걸 잘하면 돼.

끝으로 사실 이게 어쩌면 가장 중요한 것일 수도 있어. 바로 욕을 하지 않는거야. 욕을 한다는 건 지금 네 마음이 힘들다거나 짜증이 많이 났다는 마음의 표시잖아. 어쩌면 그걸로 네 속은 조금 풀릴지 모르지만 너와 네 주변의 있는 사람들에게는 신뢰를 잃게 돼. 신뢰는 사람 사이에 없어서는 안되는 중요한야. 결국 신뢰가 없어져서 다음에 뭐를 함께 하자고 하지 않게 되거나 끝까지 너와 좋은 사이를 이어가고 싶다는 생각을 없애 버려. 결국 사이가 멀어지지. 옛말에 '발 없는 말이 천리간다'는 말이 있잖아. 욕을 자주 입에 달고 살면 네가 모르는 다른 사람들도 너의 이미지를 안 좋게 받아들이게 되고 물론 선생님 귀에도 들어가겠지. 그러면 너의 욕설 한 마디로 네 좋은 점이나 그동안 해왔던 노력들이 물거품이 되는 걸 느끼는 순간이 와. 또 꼭 욕이 아니더라도 다른 사람의 말을 나쁘게 하거나 뒷이야기를 하는 것도 좋지 않아. 좋은 말을 못할 것 같으면 화가나거나 짜증이 많이 난 순간에 차라리 말을 삼켜버리고 하지 마. 그게 더 나아.

자신감은 참 중요해. 남들이 너를 인정해주고 칭찬을 많이 받는 것은 자신감을 갖는데 아주 도움이 돼. 그래서 주변에 너를 깎아내리거나 인정해주지 않고 못한다고 비난하거나 놀리는 친구가 있다면 멀리하는 것이 좋아. 너의 자신감을 위해서라면 칭찬을 잘해주는 사람들 곁에 있는게 좋지. 하지만 그보다 더 중요한 것은 네가 스스로를 어떻게 생각하느냐 하는 것이야.

"괜찮아. 잘했어. 저번 보다 나아."
"난 할수 있다!"

이렇게 자주 말해줘. 그러면 정말로 조금씩 좋아져. 지금까지 내 이야기 잘 들어줘서 정말 고마워. 너와 나의 자신감을 가득 충전해서 오늘도 힘차게 살자.

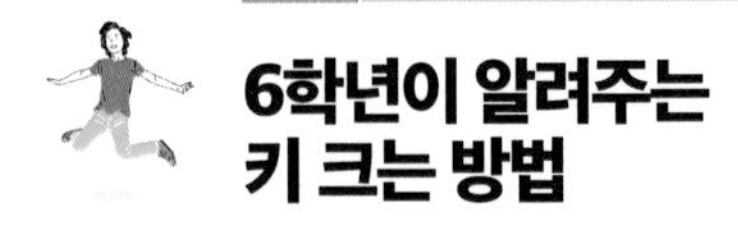

6학년이 알려주는 키 크는 방법

안성아

키가 작아서 고민이라고? 괜찮아, 나도 키가 크지는 않아. 크고 있는 중이지. 물론 너의 키도 크고 있을거야. 그러니 너무 걱정은 하지 말자. 너의 작은 키가 고민인만큼 요즘 내가 실천하고 있고 효과가 있는 키 크는 방법 몇 가지를 알려줄게.

키가 크지 않는 이유는 대부분 일찍 자지 않아서야. 수면시간에만 나오는 키 크는 호르몬이 있다더라고. 또 하나는 운동을 안 해서인데 운동을 통해 키를 더 크게 할 수 있대. 또 무거운 것을 든다든가 자세가 좋지 않아서 키가 자라는데 방해를 받기도 해. 그리고 한가지 빠질 수 없는 것이 부모님의 키인데 유전적으로 키 크기가 어려울 수 있다는 거야. 키에 대해 유전과 환경의 비중이 얼마냐 되느냐 하는 것은 학자마다 주장이 다르기 때문에 우리가 어떻게 할 수 없는 그 부분은 빼고 이야기 하자. 여기서는 우리가 노력해 볼 수 있는 부분에 대해서만 다루기로 하자.

일단 스트레칭을 해봐. 스트레칭을 아침, 저녁으로 하라는 말이 있는데 우리는 바쁘다 바쁜 6학년이니까 24시간 중 아무 때라도 틈이 날 때, 심심할 때, 숙제하거나 피곤할 때 등 틈틈이 스트레칭을 하는거야.

스트레칭을 할 때에는 대충 하지말고 천천히, 꼼꼼하게 진심을 담아서 해야 해. 틈틈이 하는 스트레칭은 키가 커지게 할뿐만 아니라 유연성도 길러주고 근육도 풀어줘서 피로까지 없애주니까 일석삼조지?

그 다음은 줄넘기야. 줄넘기를 하면 뛰는 동안에 운동이 되면서 성장판에 자극을 주기 때문에 키 크는데 도움이 돼. 이 가벼운 운동은 체중을 빼는데에도 도움이 되는데 저녁을 먹고 잠들기 전에 놀이터에 나가서 귀에 이어폰을 꽂고 한 20분 정도 뛰는거야. 특별한 기술은 없어도 돼. 간단한 이 줄넘기는 너의 체중을 빼주는 데도 도움이 돼. 나는 줄넘기로 살을 뺐거든. 아무래도 체중이 많이 나가면 무릎이나 허리에도 좋지 않아서 키가 크는데 좋지 않겠지? 줄넘기로 살도 빼고 성장판 자극도 주어 우리의 키를 키워보자고.

여기서 중요한 건 일찍 자는 거야. 성장호르몬은 밤 10시부터 새벽 2시 사이에 나오는데 우리가 12시 넘어서 잠에 든다면 그 호르몬이 나오는 시간이 그만큼 줄어들겠지? 초등학생은 그래서 9시부터 자는 것이 맞는 거 같아. 그런데 간혹가다 밤잠을 늦게 자고 키를 크게 하기 위해 낮잠을 자는 친구들이 있던데 안타깝지만 낮잠은 키 크는 호르몬이 안 나와. 그러니 일찍 잠자리에 들도록 하자. 참, 잠자리에 들기 전에는 무서운 걸 보지 말아야 해. 무서운 걸 보다가 잠이 들면 깊은 잠에 들지를 못해. 잠을 깊게 잘수록 키 크는 호르몬이 많이 나온다고 하니까 되도록 잠 들기 직전에는 휴대전화나 티비로 무서운 것을 보지마. 편안한 잠을 방해하는 그런 행동들은 키 크는 데 방해가 될 뿐이니까.

마지막으로 손톱이나 발톱, 머리카락을 키에 맞게 자르자. 그게 무슨 상관이냐고? 손톱, 발톱, 머리카락에도 키로 가야할 호르몬이 있거든. 키로 가야할 호르몬이 다른 곳으로 가지 않도록 차단하는 것이 효과적이겠지? 작은 것이지만 키 크는 것에 힘을 모으자.

내가 소개할 키 크는 방법은 여기까지야. 그런데 혹시 금방 잠에 들지 못하는 친구들 있어? 내가 잠에 들기 위해 쓰는 간단한 방법인데 마음 속으로 1,2,3하고 차례대로 숫자를 세는 거야. 이때 100은 넘기지 않는게 좋아. 100이 넘으면 머리를 써야 해서 오히려 잠이 달아나거든. 그럴때는 다시 처음부터 1,2,3을 세는거야.

무엇보다 키 때문에 너무 스트레스를 받지 말자. 스트레스를 쌓아두는 것은 어떤 것에도 도움이 되지 않거든. 위의 간단한 방법들을 꾸준히 실천해서 나는 작년보다 8cm나 컸어. 얼마나 뿌듯한지 몰라. 앞으로도 키가 더 클 내 모습을 상상하면 흐뭇해. 너의 키도 쭉쭉 자라나길 응원할게.

괜찮아, 나도 키가 크지는 않아. 크고 있는 중이지.

아직 늦지 않았습니다

엄주연

"인간의 멸종이 얼마나 남았다고 생각하세요?"

"지구 멸망이라니요? 그런 일이 일어나겠습니까?"

"그건 먼 미래의 일이죠, 지금 걱정할 필요 없어요."

"정말 그럴까요?'

2022년 8월 8일, 우리나라 남부 지역은 폭염경보가, 동해안에서는 강풍이 불었습니다. 게다가 같은 시간대에 수도권에서는 폭우가 쏟아졌습니다. 아시다시피 우리나라의 영토는 러시아처럼 넓지가 않습니다. 그런데 왜 지역마다 제각각의 날씨가 나타났을까요? 바로 '지구 온난화' 때문입니다. 더 이상 지구 멸망과 인간의 멸종은 먼 미래의 이야기가 아닙니다.

IPPC(국제식물보호협약) 연구결과에 따르면 지구의 평균기온이 1.5도 오르면 지구는 멸망하게 될 수 있는데 그 연도가 2030~2050년 사이라고 하였습니다. 하지만 최근 그 결과가 뒤바뀌었습니다.

기온이 1.5도 오르는 날이 10년 앞당겨졌다는 것입니다. 그렇다면 2020년부터 기온이 오르기 시작했다는 것이지요? 어쩝니까? 지구 멸망의 시나리오가 이미 시작되었다는 뜻입니다. 지금 시베리아에는 기온이 35℃로 올라 얼음이 녹고 75년 전의 순록 시체가 육지 위로 드러나 바이러스가 퍼지고 있습니다. 그리고 그 바이러스로 인해 사람이 죽었습니다. 또 미국에는 물이 부족하여 마당에 있는 잔디에 물조차 마음껏 주지 못해 인조잔디로 마당을 바꾸기도 합니다.

그런데 우리는 지금 지구 온난화의 책임을 정부나 기업 그리고 남에게 미루며 지구를 지키는 일을 떠넘기려고 하고 있습니다. 하지만 시간이 없습니다. '나 하나쯤이야' '이거 하나 가지고 뭐가 되겠어?'라는 안일하고 이기적인 마음은 접어야 합니다. 우리가 새로운 생각을 갖게 된다면 지구 멸망이 아닌 지구 환경 보호로 인간과 자연이 더불어 살 수 있는 방법이 있다는 것을 말씀 드리고 싶습니다.

지구 멸망으로부터 나와 우리 가족을 지키는 '기후변화를 위한 실천은 나부터'라는 생각이 필요합니다. 지구를 지키는 방법은 생각보다 간단합니다. 일회용이 아닌 다회용품을 쓰는 것, 오래 쓰는 용품을 쓰는 것입니다. 페트병이 아닌 텀블러를 사용하고 비닐봉지가 아닌 장바구니를 사용하는 것입니다. 또 양치할 때는 물을 잠그고 컵을 사용하는 것입니다. 되도록 일회용품을 사용하지 말고 오래 쓸 수 있는 물건, 재활용품을 활용하여 한 번 소비한 것을 되도록 오래 쓰는 것입니다. 또 환경을 생각하는 기업체의 물건을 사는 슬기로운 소비 생활을 실천해야 합니다.

어때요? 그렇게 어렵지 않지요? 어쩌면 학교에서 모두 배워서 아는 것들일 수 있습니다. 여기서 핵심은 '아느냐' 가 아니라 '실천하느냐'에 달려있다는 것입니다.

인간들은 스스로 '호모 사피엔스'라 칭하며 지구에서 가장 똑똑한 동물이라고 말해 왔습니다. 하지만 그런 인간이 자신들의 이익을 위해서만 노력하며 지금까지 지구를 마구 쓰고 함부로 대해 왔습니다. 그렇지만 지구는 인간만을 위한 곳이 아닙니다. 모든 생명체와 더불어 살아가는 곳입니다. 지금이라도 노력한다면 지구를 건강하게 지켜낼 수 있습니다. 아직 늦지 않았습니다.

'기후변화를 위한 실천은 나부터'

학교에서 배고픈 아이들아

장진곤

안녕? 혹시 너희들 중에 학교에 왔는데도 아직 잠이 덜 깬 친구, 기운 없어서 자꾸 엎드리고 싶은 친구 있니? 그건 어디 아파서가 아니야. 물론 사춘기가 와서도 아니지. 그건 단순히 배가 고파서야. 사실 나도 아침을 안 먹고 학교에 다녔었는데 수업에 집중은 커녕 공부가 뒷전이 되고 점심시간까지 배 고픈 걸 참는데 더 신경을 쓰게 되더라고. 그래서 학교에서 배 고픈 아이들에게 해 주고 싶은 말이 있어.

학교에 올 때 아침밥을 꼭 먹고 와. 밥 먹을 시간에 차라리 조금 더 자고 싶은거 알아, 옷이야 머리야 이것 저것 할 것이 많다는 것도 알지. 아침에는 누구나 다 바쁘잖아. 그래서 아침을 먹지 않고 학교에 왔는데 그때부턴 먹을게 없잖아. 점심 시간까지 너무 멀고 배고프면 사실 다른거 눈에 잘 안 들어 오는데 말이야. 그런데 학생이 학교에 와서 공부를 해야 하는데 에너지가 없고 게다가 쉬는 시간에는 또 노느라 그나마 남아있던 에너지도 다 쓰고 나면 배 고픔이 더 심해지잖아. 사실 힘든 줄 모를 수도 있는데 몸 자체에는 음식물이 없어서 에너지가 영이 되는 상태가 매우 안좋대.

에너지가 바닥나면 신경질 나고 집중력도 떨어지고 그러니까 억지로라도 아침밥은 꼭 먹고 오자.

아침밥의 효과를 좀 더 살펴보자. 아침밥을 먹으면 잠이 저절로 깨고 힘이 나. 그래서 학교 생활도 기운있게 할 수 있어. 또 기분도 좋아지고 피로감도 적어져. 국제식품 과학 및 영양저널에 아침에 영양가가 풍부한 음식을 먹으면 단기 기억이 좋아진다고 나와 있어. 영양가가 풍부한 음식이란 콩, 요구르트, 생과일 주스가 효과적이래. 그러니까 제철과일, 탄수화물 등 골고루 먹고 식탁 위에 올려주시는 반찬들은 한 번 이상씩 먹어보도록 노력하자.

무엇보다 내가 경험한 아침밥의 좋은 점은 기억력이 좋아진다는거야. 학생에게 기억력은 엄청 중요하잖아. 그래야 배운 것을 오래 기억 수 있고 성적도 쑥쑥 올라 갈수 있으니 말이야. 또 수업에 집중을 잘하게 해서 수업 태도도 좋아지고 자연스럽게 성적에도 좋은 영향을 주게 돼. 그런데 햄버거나 피자 치킨 같은 걸로 아침밥을 대신하는 것은 별로 좋지 않아. 왜냐하면 인스턴트 음식에는 몸에 해로운 것들이 들어 있기 때문이야.

입맛이 없고 아직 잠이 덜 깼더라도 우걱우걱 아침밥을 씹어 먹고 와. 그러면 너의 학교생활도 씹어 먹을 수 있을거야. 뱃 속이 든든하면 학교생활을 잘 해낼 마음도 든든해져. 그럼 즐겁고 활기찬 학교생활 잘 해나가길 바래. 나의 잔소리 같은 이야기 끝까지 들어줘서 고맙다.

취미로 운동을 추천합니다

김동규

다들 취미 하나 정도는 있으시죠? 하나 이상의 취미가 있는 분도 계시겠지만 혹시 취미가 없으신 분이 계시다면 취미로 운동을 추천 해 드립니다. 예상하셨겠지만 저의 취미는 운동입니다. 제가 운동을 즐겨하면서 느낀 좋은 점들을 소개 드리겠습니다. 제 글에 공감이 되시거나 호기심이 생기시는 분이 계시다면 직접 운동을 해보면서 제가 소개한 좋은 점들을 체험해 보셔도 좋겠습니다.

운동의 좋은 점은 첫째 스트레스가 풀린다는 것입니다. 학교에 다니거나 친구들 사이, 혹은 가족과 함께 지내다보면 자기도 모르게 쌓이는 스트레스들이 있잖아요. 그런데 운동을 하다보면 그 스트레스가 다 사라져버립니다. 이런 말이 있더라고요. '당신이 지니고 있는 최고의 의사는 운동이다' 과학적으로나 의학적으로 검증된 운동의 효과로는 근육이 증가하면서 기초대사가 촉진된다거나 협심증, 심근경색을 예방한다, 골다공증을 예방하고 치유한다, 당뇨병을 예방하고 치유하고 체지방과 내장지방을 없애준다 또 병원에 갈 일이 없어서 가계 경제에 보탬이 되어 온 가족이 웃음꽃을 피우게 된다 등(인생학교: 지적으로 운동하는 법 중에서)입니다. 건강을 염려할 필요가 없으니 스트레스가 없어지는 것입니다.

둘째로 좋은 점은 자기 자신을 볼 수 있게 해준다는 것입니다. '나'라는 사람은 어떤 사람인가? 내가 나를 볼수는 없습니다. 여기서 나는 보이는 나의 육체적인 부분을 말하는 것이 아니라 나라는 자신에 대해 자신이 어떻게 인식하고 있는가를 말씀드립니다. 그저 상상만 할 뿐이지요. 하지만 달리고, 공을 주고 받고, 몸을 쓰면서 내가 가진 한계를 알게 되고 그 한계를 극복하기 위해 노력하면서 몸이 단단해지고 한계를 뛰어넘는 자신을 확인하게 됩니다. 그러면서 '나' 라는 존재에 대해서 더 확신을 갖게 됩니다. 자부심과 성취감을 느낄 수 있습니다. 꾸준히 노력한 결과를 이루어 낼때에 나 자신에 대한 만족감이 올라갑니다. 그것으로서 자신을 볼 수 있는 것입니다. 하지만 아무리 좋은 운동이라고 해도 절대 무리를 해서는 안 됩니다. 건강을 지키기 위해 운동을 하다가 건강을 잃을 수도 있다는 것을 명심해야 합니다. 목숨을 걸지 말고 오래오래 즐겁게 할 수 있도록 페이스 조절을 잘 해야 합니다. 운동을 하다가 다치면 운동에 대한 재미보다는 실망을 먼저 느껴 평생 동안에 할 운동을 그만 두는 부작용이 생길 수 있으므로 조심해야 합니다. 저도 운동을 하다가 아킬레스건염에 걸린 적이 있습니다. 파열 직전이었는데 그때 파열이 됐다면 아마 저는 지금 걷지 못했을 것입니다. 그러니 늘 조심히 운동하셔야 합니다.

마지막으로 친구들과 이처럼 좋은 운동을 함께 할 수도 있다는 것입니다. 경기를 하는 방법도 있고 단순히 놀이로서 게임을 즐길 수도 있습니다. 실력도 키우면서 재미도 챙길 수 있고 두뇌 개발에도 좋은 게임을 적절히 활용해 보는 것도 좋습니다. 경쟁은 실력을 향상시킬 수 있는 좋은 도구가 틀림없지만 승부에만 집착하면 친구 관계가 나빠질 수도 있으니 주의가 필요합니다.

운동을 처음하다 보면 하기가 귀찮고 근육통이나 근육파열로 아플 수도 있습니다. 그렇기 때문에 처음에는 충분한 준비운동을 하고 가볍고, 즐겁게 하는 것이 좋습니다. 운동을 재미있게 할 수 있도록 도와주는 간단한 운동 어플들도 있으니까 활용하는 방법이 있습니다. 무엇보다 주변에 운동을 좋아하고 잘 하는 친구와 함께 시작해 보는 것을 권장 드립니다. 다른 많은 취미 중에서 혹시 운동이 필요하거나 나와 운동이 맞을 것 같은 분이 계시다면 자신에게 맞는 운동을 선택하셔서 평생 행복하게 사셨으면 좋겠습니다. 이상 운동이 취미인 친구를 찾고 있는 김동규였습니다. 긴 글 읽어주셔서 감사합니다.

다들 취미 하나 정도는 있으시죠?

꼬르륵, 장 소리 멈춰

정시현

"I'm hangry."

라는 말 혹시 들어 본 적 있니? **'hangry'**는 미국에서 쓰는 신조어인데, **hungry** (배고파)와 **angry** (화나다)가 합쳐져 만들어진 단어로, '너무 배가 고파 화가 나'라는 뜻이래. 미국에서 실제로 회화에 쓰이고 있다니 알아둬도 좋겠지? 수업 시간, 그 중 가장 조용한 독서 시간이나 시험 시간에 배에서 꼬르륵 소리가 난다면 엄청난 주목을 받겠지? 게다가 한 번으로 그치지 않고 연속해서 소리가 난다면 그 순간은 나의 흑역사로 남을거야. 학교에서 배가 천둥번개 소리내는 극한 상황이 벌어지지 않으면 좋겠지만 혹시라도 그런 상황이 생겼을 때에 현명하게 대처할 수 있다면 좋겠지? 몇 가지 비법을 알려줄테니 위급 상황에서 잘 활용해 봐.

먼저, 너의 관심을 배고픔에서 배우는 것으로 옮겨봐. 배가 고파거나 아파서 꼬르륵 소리가 났다면 창피해서 더욱 그 소리에 집중하게 될텐데 배고픔을 자꾸 생각하다 보면 배고픔이 더 증폭되니까 거기에 관심을 두지 않는 것이 좋아. 무엇을 먹지 않는 한 배고픔은 사라지지 않으니까 점심시간이 되기 전까지는 차라리 배고프다는 생각보다는 배우겠다는 생각으로 바꿔서 배우고 공부하는 것에 집중시켜보길 바래. 그러다보면 어느새 반가운 쉬는 시간 종소리가 들릴거야.

둘째는 쉬는 시간을 잘 활용해 봐. 주머니를 확인해 봐. 혹시 사탕 같은 것이 있다면 좋아. 한 개를 입에 넣고 쉬는 시간 동안 천천히 녹여 먹어. 만약 사탕이 없다면 물을 마셔봐. 우리가 갈증을 느끼면 뇌가 배가 고프다고 착각을 할 수 있대. 물을 마실 때엔 한 번에 많은 양을 마시는 것 보단 여러 번 나누어 마시는 게 더 효과적이야. 조금씩, 자주 마셔봐. 조금씩 여러 번에 걸쳐 물을 마시게 되면 평소 물을 마시는 것보다 더 많은 물을 마시게 돼. 평소에 물 마시기 싫어하거나 학교에서 화장실 가기 귀찮아서 하루에 물 한 두 잔도 마시지 않는 친구들도 있을 거야. 적당량의 물을 마시면 우리 몸에 에너지를 불어넣어 활기차게 해주고 노폐물을 제거 할 수도 있고 피부에도 좋대. 건강도 지키고 배고픔도 없애고 두 마리 토끼를 잡는 거지.

셋째는 평소에 소화가 잘 안되는 음식물 섭취를 줄이는거야. 일부 탄수화물 예를 들면 익지 않은 과일 등을 소화하기 힘든 사람이 있어. 그렇다면 피해서 먹는 것이 좋겠지. 탄수화물을 적당량 먹어주면 위가 건강을 유지하면서도 소리를 내는 빈도가 적어질 거야. 가급적이면 다음 식품은 피하는게 좋아. 조리 후 완전히 식은 감자 또는 파스타, 사워도우 빵, 익지 않은 과일, 통밀가루, 밀기울, 양배추, 양상추, 피망, 사과, 배, 브로콜리 등이야. 소화가 잘 안되는 것에는 개인차가 있을 수 있으니까 그건 유념해줘.

또 한가지는 양치질이나 가글을 하는 거야. 배가 심하게 고프다가도 양치질을 하면 신기하게 배고픔이 줄어들어. 다이어트 하는 친구들이나 너무 단 걸 싫어하는 친구들은 달달한 어린이 치약보단 상쾌한 어른들이 쓰는 치약이 좋아. 거기에는 재미있는 이유가 있는데 치약 속에 포함된 민트 같은 성분이 식욕을 떨어뜨린대. 또 양치는 보통 식후에 하잖아. 그래서 양치를 하게 되면 밥을 먹지 않는다는 신호로 뇌가 착각을 한대. 그리고 이를 닦을 때 밀리거나 움직이거나 하는 자극이 음식을 먹고 있다고 뇌를 속여서 배고픔이 덜해 진다고 하더라. 우리 뇌는 정말 재미있지? 아, 양치 할 시간이 없다면 가글도 괜찮아.

다른 방법으로 등교 전에 조금이라도 음식을 먹고 오는 거야. 사실 이것이 가장 확실한 예방법이긴 해. 자주 수업 중에 배가 고픈 친구들은 아침에 십 분만 일찍 일어나서 조금이라도 음식을 먹고 오면 급식 시간까지 배고픈 횟수가 줄어들어. 아침 식사의 효과는 참 많은데 수업에 더 집중 하게 하고 쉬는 시간에도 친구들과 더 활기차게 지낼 수 있어. 하지만 이 방법에도 단점은 있어. 등교 전 아침식사 시간에 과도하게 음식을 먹으면 소화관이 과도하게 일을 하게 되어 오히려 배가 더 자주 울릴 수도 있어. 이유는 간단한데 장에서 처리해야 될 음식물이 많아졌기 때문이야. 적당량을 먹고 오는 것이 좋겠네.

마지막 방법은 가스를 줄이는 거야. 가스 빼는 약을 복용해 봐. 위장에 가스가 많으면 배가 크게 울릴 수 있어. 간단히 이를 해결하는 방법으로 약국에서 가스를 빼주는 약을 복용하는 것이 있어.

물론 식사를 할 때마다 이 약을 복용할 필요는 없지만 가스를 유발하는 음식을 먹기 전에 이런 해결법도 있다는 사실을 기억해두면 도움이 될 거야.

이렇게 몇가지 방법을 정리해 봤는데 재미있었니? 혹시 수업시간 중 꼬르륵, 장 소리가 들린다면 서슴치 말고 나의 글을 떠올려 봐. 장이 소리를 내는 원인이 다양하니까 늘 자기 몸에 관심을 가지고 장도 편안하고 학교 생활도 편안한 생활 이어가길 바래. 긴 글 읽어줘서 고맙고 다음에 다른 재미난 이야기로 다시 만나자.

적당량을 먹고 오는 것이 좋겠네.

키가 컸으면 하고 바라는 친구에게

엄재범

"너는 키가 얼마니?"

"아, 내 키가 조금만 더 컸으면 어땠을까?"

이처럼 사람들은 키가 큰 사람을 보고 멋있다고 말하거나 키가 작은 사람에게는 조금 아쉽다는 식으로 말하더라. 그렇기 때문에 키가 작아서 고민이라는 너의 고민에 나도 공감이 가. 하지만 나는 키가 작기 '때문에'가 아니라 오히려 키가 작은 '덕분에'가 되는 경우도 많다는 걸 말해주고 싶어서 이 글을 써. '무조건 키는 크고 봐야지'라고 생각하는 친구나 '키가 작아서 좋은 점이 뭐지?' 궁금한 친구가 있다면 내 글을 한 번 읽어봐.

먼저 키가 작으면 좋은 점들을 살펴보자. 우선 키가 작아서 가장 좋은 점은 좁은 장소에 들어가기 쉽다는 거야. 이건 술래잡기를 하거나 놀이를 할 때 특히 쓸모가 많아. 그리고 키가 작으면 이불을 가로로 덮거나 세로로 덮어도 다 덮어지기 때문에 상관이 없어. 또 키가 큰 사람보다 허리를 굽히기가 쉽고 추운 날씨에 키 큰 사람 뒤에 서면 찬 바람도 피할 수 있어. 게다가 형제 자매가 있다면 맛있는 걸 먹을 때 엄마가 넌 키 좀 더 크라고 더 주실 때도 있어. 키가 큰 사람들은 머리 위에 벽이나 물건이 있으면 부딪히거나 피하기가 어렵지만 키가 작다면 그럴 염려가 적지. 그밖에도 키가 작아서 좋은 점들은 얼마든지 있다고 생각돼. 쓰다보니 한 두가지가 아니네.

이번에는 키가 커서 안 좋은 점을 말해볼게. 키가 크면 머리를 자주 다쳐. 여기 저기 부딪힐 일이 많아. 그리고 어디서든 눈에 너무 잘 띄어서 어디서든 주목을 받게 돼. 실제로 키 큰 사람들은 이 주목 받는 것이 참 싫다고 하더라.

또 작은 승용차에 타는 것이 힘들고 아무래도 유연성도 떨어져. 키가 커도 단점들이 많아. 이쯤되면 적당히 크면 어떠냐고 물을 수도 있을 것 같아. 키가 적당하면 장점도 단점도 없는 것 같아. 오히려 개성이 없어지는 것 같기도 해. 참고로 나의 키는 표준이야.

아직도 키가 꼭 크면 좋을 것 같니? 만약 키가 작거나 반대로 커서 놀림을 받고 있다면 너는 너대로 자신감을 갖기를 바래. 너는 있는 그대로 멋있다는 걸 잊지마. 너의 키는 너의 일부분일 뿐이지 대부분이거나 너 자체는 아니잖아. 너는 지금도 성장하고 있으니까 키가 작다고 해서 스스로 작아지지는 마. 나의 글이 키가 작아서 고민인 너에게 도움이 되었다면 나는 다행이야.

그땐 몰랐고
지금은 아는

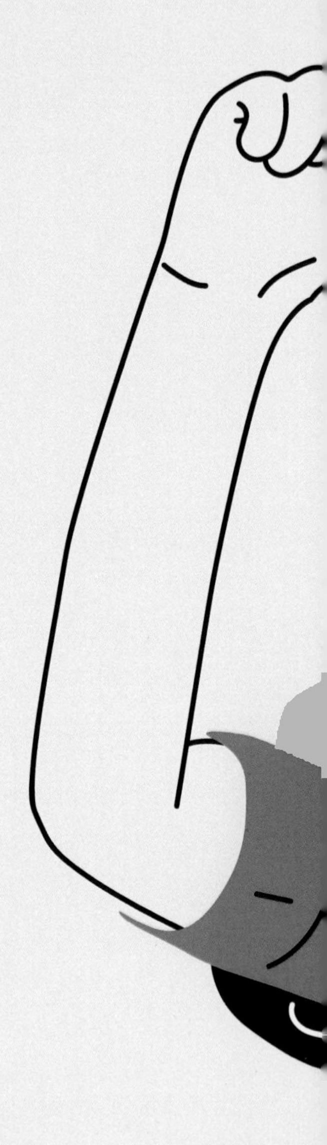

제2부
네가 있어 좋아

야, 너도 친구관계 평탄할 수 있어

장서영

혹시 너도 친구관계로 고민하고 있니? 친구관계가 원만하지 못해 고민이라면 내 이야기 한 번 들어볼래? 나도 그런 고민들을 한 적이 많아서 내가 제시하는 친구관계 고민해결법이 너에게 공감이 될 수 있을 것 같아. 편안하게 들어줘.

친구와 평탄하게 지내려면 일단 한 사람이 일방적으로 너무 헌신하면 안 돼. 여기서 친구에게 헌신하지 말라는 말뜻은 내가 편하려고 만나는 친구를 돈으로 매수하거나 무리한 부탁까지도 들어주면서 만나지는 말라는거야. 친구에게 돈을 쓰면서 친해지려고 하면 친구는 어느새 내가 돈 쓰는 것을 당연하게 받아들이고 나중에는 나만 더 많은 돈을 쓰도록 강요하기도 해. 그리고 친구의 무리한 부탁을 계속 들어주다보면 어느새 둘은 평등한 관계가 아닌 갑과 을의 관계로 변해 버리더라.

다음으로는 혹시 네가 그동안 친구들에게 함부로 대했던 적이 없는지, 너의 말이나 행동으로 인해 상처를 준 적은 없는지를 생각해 봐야해. 그런 적이 있는데 그걸 풀지 않고 친해지려고 다가간다면 오히려 너는 이기적이라는 느낌을 주게 될거야. 먼저 다가기 전에 나의 잘못으로 꼬인 것은 없는지 되짚어 보는 것이 좋아. 곰곰이 생각해 보고 떠오르는 어떤 일이 있다면 거기에 대해 진심어린 사과를 먼저 해서 그전에 쌓인 감정을 풀고 새로 시작하는 것이 좋아. 그렇다면은 둘 사이는 한결 가까워질거야.

세 번째로 생각할 것은 네가 스스로 친구에게 다가가려는 노력을 하고 있는지를 점검해 봐. 나는 어떤 노력도 않으면서 친구가 생기지 않는다거나 친구로부터 멀어졌다고 한탄하고 있으면 안되겠지? 친구에게 다가가기 위한 가장 쉽고도 바른 방법은 먼저 인사를 하는거야. 인사를 하는 것만으로도 친구 사이는 시작되기도 하거든. 가벼운 인사로 시작을 해서 차츰 대화를 이어가면 돼.

친구는 참 어려운 존재같아. 사실 나도 새학기마다 새로 사귀게 될 친구 걱정을 한단말이야. 그런데 지금의 친구가 나중에 내가 어른이 될 때까지 친구로 남는 경우는 드물어. 여러 생각이나 가치관이 나와 맞지 않는데 친구 없이 혼자 지내는 것이 싫어서 억지로 일방적인 희생을 하면서 스트레스를 받아가며 사귈 필요는 없다는 말이야. 친구는 나와 잘 맞고 편안한 사이가 좋은 것 같아. 서로에게 도움이 되고 본받을 점이 있고 같이 있는 것만으로도 힘이 되는 그런 친구를 만들어 갈 수 있을거야.

지금까지 나의 이야기가 너에게 도움될만한 조언이었을까? 조금이라도 도움이 되었으면 좋겠네. 친구에게 헌신하지 말라고 했다고 너무 자기 생각만 하라는건 아닌거 알지? 그렇다고 해서 자기자신을 깎아내릴 것도 없어. 자기 자신을 잘 지키면서 동시에 친구도 존중하고 이해하는 건강한 관계, 평등한 관계를 맺어가기를 바라며 너와 나의 평탄한 친구관계를 응원할게. 끝까지 읽어줘서 고마워. 안녕!

말 안하는 친구와 대화하는 방법

김현승

이야기하고 싶은 친구가 있는데 그 친구가 말을 너무 안 한다고?

어떻게 하면 이 친구가 마음을 열고, 입을 열어서 대화를 할 수 있을까 고민이 되었어. 좋은 방법이 있지 않을까 궁리를 했지. 인내심을 가지고 오랫동안 지내 보면서 그 친구의 특성에 맞게 다가서야 한다는 것을 알았어. 내가 알게 된 방법들을 알려줄테니 한 번 들어봐.

첫 번째, 일단 그 친구에게 네가 나쁜 이미지이면 안 돼. 왜냐하면 네가 평소에 나쁜 짓을 많이 하거나 평소에 남이 싫어하는 것을 계속하면 그 친구는 네가 다가가는 것 자체를 싫어하게 되기 때문이야. 그러니 나에 대한 소문을 좋게 해야 해. 뭐 착하게 지내면 돼.

두 번째, 그 친구가 물건을 떨어트리면 그런 걸 주워 주는거야. 그럼 물건을 건네줄 때 아주 조금이나마 이야기를 할 수 있거든. 예를 들면 이런 식으로 말이지.

"여기 연필 떨어졌어."

그러면 하다못해

"응"

아주 작은 소리로라도 대꾸를 할 거야. 목소리를 내지 않더라도 너를 마주보기라도 하겠지. 그것도 괜찮아. 이미 한번 봤기 때문에 나중에 그 친구가 다시 너를 볼 때 익숙해질 거야. 이때 주의할 점은 물건을 주워 주고 나서 너무 빤히 보면 그 친구가 당황스러울 수 있으니까 조심해.

세 번째, 이제 그 친구에게 조심히 다가가서 너무 소란스럽지 않게 그 친구에 대해 궁금한 점을 물어봐. 그런데 그 전에 물을 것은 네가 생각해서 가야 해. 왜냐하면 그 친구가 깊이 생각하고 대답해야 하는 질문이라면 너를 귀찮아하기 때문이야. 그렇게 계속 이야기를 하다 보면 친해질 거야. 나의 써 본 방법은 여기까지야.

그렇다면 나는 지금 그 친구와 말을 잘 할까? 결론부터 말하자면 예스야. 원래는 말을 하지 않던 친구가 오히려 지금은 내게 먼저 말을 걸어오고 우리는 엄청 친해졌어. 말을 하지 않던 친구와 말을 하고 싶다면 무엇보다 그 아이에 대해 좀 알아야 할 것 같아. 무엇을 좋아하는지, 싫어하는지, 어떤 것을 원하는지 자세히 살펴보는 것이 중요한 것 같아. 너도 친해지고 싶은데 조용한 성격이거나 먼저 말을 거는 친구가 아닌 조심성 많은 친구라면 내가 해 본 방법을 써 보는 것도 좋을 거야. 네가 원하는 그 친구와 친한 사이가 되길 바라며 나의 이야기를 마칠게.

친구가 많았으면 좋겠다고

배준성

다들 안녕? 나는 조용하고 말이 없는 편이야. 물론 친해지면 말이 많아지지만 처음에는 그래. 또 소심한 편이어서 낯선 곳이나 잘 모르는 사람들 속에 있을 땐 어색하고 불편해서 무슨 말을 해야할지 모르겠더라고. 그렇지만 친구를 사귀려고 하면 그런 것들을 극복해 내야 할 것 같아. 그러기 위해서 나처럼 처음이 힘든 친구들에게 해주고 싶은 말이 있어. 쉽지 않다는 거 알지만 용기를 내서 몇 가지를 실천한다면 친구를 많이 사귈 수 있다는 걸 꼭 말해주고 싶어.

일단 나는 친해지기 위해 먼저 말을 걸어. 내 말을 무시하고 받아주지 않을까봐 걱정했지만 다행히 친구들은 내 말을 받아줬어. 무척 기뻤지. 그리고 간식을 나눠준 적이 있어. 출출하고 간식을 먹고 싶을 때가 있잖아. 그럴 때 내가 간식을 나눠주었어. 맛있는 걸 같이 먹고 노는 것은 참 즐거운 일이잖아. 같이 있을때 즐겁고 재미있을수록 사이는 좋아지잖아. 함께 있을 때 불편하고 다퉈서 기분이 안 좋다면 친구를 사귀기는 어려워질거야. 그리고 나는 같이 어울리지 못하는 다른 친구에게 같이 놀자고도 먼저 말했어. 그렇게 또 그 친구와도 사귀게 되었어. 이렇게 차츰 친구를 늘려가면 돼.

그런데 친구와 지내다보면 싸울 때가 있잖아. 안 싸우면 좋겠지만 싸우게 될 때가 있더라. 그때 나는 화해하기 위해 이런 방법들을 썼어. 너희도 화해하는 나름대로의 방법이 있을거야. 나와 비슷한지 다른지 비교 한 번 비교해 봐. 무엇보다 사과가 먼저야. 왜 먼저 사과해야 하는냐고? 난 무엇보다도 마음이 편한 것이 좋거든. 사과를 하기 전에는 목에 무엇이 걸린 것처럼 갑갑하고 불편한데 먼저 사과를 하고 났더니 마음이 편안해지고 안심이 되더라. 그래서 먼저 사과를 해. 그리고나서 간식을 주는 것도 좋아. 간식으로 마음을 얻겠다는 건 아니지만 사과를 주고 받은 후에 먹는 맛있는 간식을 먹으면 더욱 맛있고 마음도 쉽게 풀어지더라. 그리고 나서 나중에 할 일은 재미있게 같이 노는 거야. 숨바꼭질, 술래잡기, 핸드폰 게임 등 이런걸 하면서 다시 즐겁게 지내면 언제 싸웠느냐는 듯이 잘 지내게 돼.

친구가 기분이 안 좋을 때가 있잖아. 여러 가지 사정이 생겨서 우울해 보이는 친구를 위해 내가 할 수 있는 일은 무엇일까? 나는 먼저 그 친구의 이야기를 잘 들어줘. 친구의 마음이 편안해지면 속상한 마음이 조금 풀어지고 그 전에는 생각하지 못했던 해결 방법들도 찾게 되더라. 이야기를 들을 때에는 그 친구의 입장에서 생각해서 공감을 해주는 것이 좋아. 괜히 뭐라고 하거나 그 친구가 혹시 잘못한 점은 없을까 하고 찾는 것은 좋지 않아.

"그랬구나. 나라도 그럴 수 밖에 없었겠어"

하며 공감을 해주면 그 친구는 안심하게 될거야. 그렇게 친구가 마음이 풀어지고나면 스스로 자기가 잘못한 점이나 성급했던 점들을 발견하고 고치기도 하더라고. 굳이 내가 그 친구의 잘못을 먼저 들춰내서 야단칠 건 없다는 생각이야. 그리고 마지막으로 맛있는걸 사주는게 좋아. 내가 친구 사귀는 법에 대한 이야기 하다보니까 뭐든지 끝에는 먹는 걸로 끝나는 것 같은데 사실 이건 굉장히 효과적인 방법이야. 맛있는 걸 먹다보면 고민도 잊어 버리게 되고 그까짓 것하는 마음도 들더라.

뭐든지 '마음 먹기'에 달렸다고 하잖아. 어떤 마음가짐을 갖느냐에 따라 뒤에 일들이 실제로도 많이 달라지니까 친구 사귀기에 오늘 실패했다고 실망하지 마. 오늘 못하면 내일하면 되고, 오늘은 어색했지만 내일은 좋아질거라고 생각하면 차차 나아져. 그럼 오늘도 좋은 하루가 되길 바랄게. 안녕.

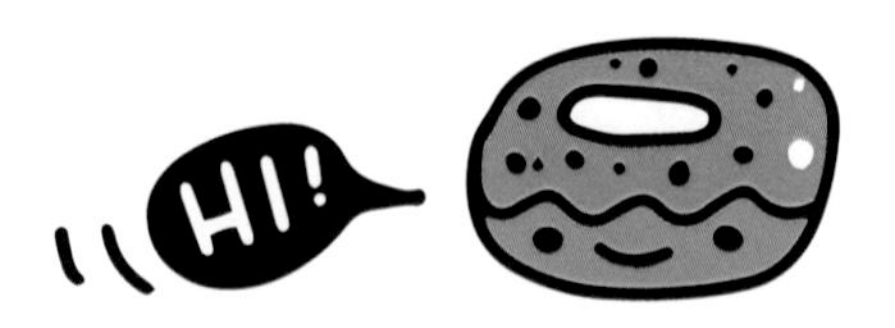

뭐든지 '마음 먹기'에 달렸다고 하잖아.

소중한 나의 6학년

장서영

가을이다. 풍경화 그리려고 운동장에 나가보니 빨갛게 석류가 익어 벌어지고 있었다. 모과나무에 모과도 주렁주렁 달려 노랗게 익어가는 풍경이 아름다웠다. 시간이 지남에 따라 나무들은 자라나고 열매가 익어간다. 그렇게 무덥던 여름이 지나가고 가을이 오는 걸 보니 곧 겨울도 오겠다 싶었다. '겨울이 오면 우리는 졸업하는데' 라는 생각이 들었다. 기분이 묘해졌다. 깊어가는 가을만큼 나의 6학년도 깊어간다. 지나간 추억을 떠올리며 우리의 6학년을 기록으로 남기겠다.

2022년 3월 2일, 우리가 처음 만날 날이다. 등교하는 날 아침 기온은 쌀쌀했지만 날씨는 좋았다. 낯선 교실, 낯선 선생님, 5년 동안 이 학교를 다녔지만 첫 날이 주는 긴장감은 여전했다. 아는 얼굴도 많이 없었던 첫날을 생각하니 그때의 어색했던 공기가 느껴진다.

날씨가 무더워지기 시작하고 여름이 다가올수록 우리는 점점 친해졌다. 이제는 가볍게 스치는 옷깃은 아무렇지도 않게 되었고 친구들 앞에서 발표를 할 때에도 긴장감이 조금 없어지긴 했다. 웃기지 않는 농담도 잘 받아주고 크게 웃어주는 사이가 되었고. 괜히 장난도 걸고 싶고 시시한 농담도 제법 잘 주고 받는다. 그동안 친해진 우리 때문에 쉬는 시간은 교실이

늘 시끌벅적했다. 웃을 일이 많아지고 재미있는 일들도 많아지면서 처음에 반 배정 망했다는 생각이 없어지고 6학년 4반이 되길 잘했다고 느꼈다.

마침내 여름방학이 끝나고 2학기 첫날, 처음의 어색함은 어디로 사라지고 너무 반가웠다. 모습이 바뀐 친구들도 있었다. 유난히 짧았던 여름방학이라 겨우 2~3주 보지 못했는데도 너무 반가워하는 내가 신기할 지경이었다.

하루 하루 시간이 너무 잘 지나간다. 졸업을 생각하면 중학교 생활이 걱정되기는 하지만 6년의 초등생활을 잘 마치고 졸업한다는 뭔가 뿌듯한 마음도 들 것 같다. 하지만 그만큼 헤어질 날도 다가오고 있다는 것도 알기 때문에 마음이 미묘해진다. 그만큼 하루 하루가 소중하게 느껴진다. 더 많은 추억을 쌓으며 우정을 키워나가고 싶다. 중학교 교복을 입고 있을 우리의 모습이 아직 상상이 가지 않는다. 많이 웃고 즐거웠던 6학년, 공부도 많이 하지만 그만큼 또 열심히 놀고 장난도 많이 치는 재미있는 우리 반은 기억에 오래 남을 것 같다. 이 글을 통해 비록 1년 밖에 되지 않는 시간이지만 나에게는 너희 모두가 너무 소중하고 고맙다는 것을 말하고 싶다. 남은 시간도 아프지 말고 다치지 말고 씩씩하고 아름답게, 멋지게 채워가자. 고맙다, 얘들아.

오랜 친구와 싸웠을 때 화해하는 방법

권순범

친구는 가깝게 오래 사귄 사람을 말한다. 자신이 어떤 성향이냐에 따라 사귀게 되는 친구도 달라진다. 또 여러 면에서 잘 맞는 친구가 있는가 하면 도저히 어울리기 어려운 친구도 있다. 그래서 어떻게 보면 친구를 사귀는 것도 선택의 연속이라고 할 수 있다. 그렇기 때문에 사귄 시간이 얼마나 되느냐 하는 것은 친구 사이가 얼마나 깊은 지를 말해주기도 한다. 아무래도 사귄지 얼마되지 않은 친구보다는 오랫동안 사귄 친구는 깊이가 다르다. 그만큼 쌓아온 추억도 많기 때문이다. 그런데 오랫동안 사귄 만큼 안 좋은 추억도 많을 수 있다. 친구 사이에서는 잘 지내다가도 서운한 일이 쌓여서 엉뚱한데서 폭발해 사이가 멀어지기도 한다. 그러나 사소한 다툼 때문에 그동안 쌓아온 추억을 져버리기는 아깝다. 소중한 친구를 잃지 않고 화해할 수 있는 방법이 있을까?

친했던 만큼 한 번 사이가 틀어지면 서운한 점이 커서 더 나쁘게 말할 수 있다. 심지어 가만히 보고만 있어도 화가 날 수 있다. 그럴 때에는 무엇이 더 중요한가를 선택해야 한다. 우정을 키워갈 것인가 아니면 그 우정을 깰 것인가 말이다. 아니면 어렵지만 오해를 풀거나 서운한 것을 털어버리고 우정을 더욱 키워가는 쪽을 선택할 수 있다.

그럼 틀어진 관계를 어떻게 바로 잡을 수 있느냐? 바로 진심을 담아 사과를 하는 것이다. 그러나 먼저 사과를 하는 것은 쉽지 않다. 그러자면 자존심이 상하고 내 잘못보다 친구가 잘못한 것이 더 큰 경우도 있기 때문이다. 그렇지만 내가 선택한 것이 우정인 이상 그가 내 진심을 알 수 있도록 표현해줘야 한다. 또 나의 진심은 '우리 관계가 더 나빠지는 것을 원하지 않는다'라는 사실을 알수 있도록 해야 한다. 그렇지만 얼굴을 보고 사과를 하는 것은 쑥스럽기도 하고 민망할 수 있다. 그럴 때는 사과의 편지를 쓰는 것도 좋다. 편지와 함께 그가 평소에 좋아하는 작은 선물을 같이 전해주는 것은 팁이다. 편지와 선물은 기분을 풀어주고 마음을 열게 해서 나의 진심을 쉽게 받아들이게 한다.

친구와 사이가 안 좋아져서 마음이 불편하고 큰 것을 잃어버린 것 같은 마음이 든다면 그것은 내가 친구를 좋아한다는 뜻이다. 자신이 우정을 선택한 것이 옳다는 생각이 들면 그때는 너무 망설이지 말고 사과의 편지로 화해를 먼저 시도해 보라. 이 방법은 매우 유용해서 써 본다면 후회 없을 것이다. 시간은 다른 무엇과도 바꿀 수 없다. 그동안 친구와 쌓아온 시간을 우정으로 단단히 다져가기를 원한다면 사과를 하는 것에 인색하면 안 된다. 사과하고 다시 시작하면 된다. 그 친구도 나와의 우정을 소중히 한다면 나의 사과를 가볍게 여기지 않을 것이다. 오히려 그 친구도 서로를 위해 앞으로 어떻게 해야 할지를 생각할 것이다. 좋은 친구를 얻고자 하면 용기가 필요하다는 것을 꼭 기억하자.

친구가 생기는 매직

변지윤

친구 사귀기 어렵지? 친구를 사귀는 일은 쉬우면서도 어려운 일 같아. 내가 지금까지 지내면서 터득한 친구가 생기는 매직과 좋은 관계를 잘 유지할 수 있는 꿀팁들을 알려주고 싶어. 친구 사귀기가 어렵다면 한번 들어봐.

먼저, 친구 만들기부터 시작해보자. 나는 친구 만드는 건 쉬운 것 같아. 막상 친구를 만들어보면 내가 왜 그렇게 말했는지를 이해 할 수 있을 거야. 친구를 만드는게 어려운 친구는 다른 애가 다가오길 바라고 있을거야. 아닐 수도 있지만 그러면 친구 만드는게 더 어려워져. 그럼 어떻게 만드냐고? 제일 중요한 건 네가 먼저 인사를 하는거야. 인사를 하면 웬만하면 인사 정도는 받아줘. 이때 중요한 건 말투야. 말투가 기분이 나쁘면 상대방도 대화 하기가 싫을거야. 말은 언어적인 것보다 비언어적인 것이 더 중요해. 그러니까 친절하게 말하고 경청도 잘 해줘야 해. 또 대화할 땐 소극적이게 대화하는 건 좋지 않아. 대화가 소극적이라면 상대방도 쉽게 할 말이 없어져서 말을 이어나가기가 어려워 져. 그러니까 적극적으로 대화해 봐. 또 아직은 서먹한 친구에게 가벼운 선물을 주는 것도 좋아. 사탕이나 젤리 정도. 사탕이나 젤리를 건내주면서 친해지고 싶다는 마음을 표현하는 건 어때?

난 되도록이면 친구를 많이 만나봐. 그리고 나서 나에게 맞는 친구와 더욱 친해져. 한 두 명하고만 너무 좁게 만나면 새로울 것이 없고 나눌만한 이야기들도 한정적이거든. 두루두루 친구를 많이 만들어서 너와 더욱 잘 맞는 친구와 깊게 사귀어 간다면 더 즐겁고 활기차게 생활하는데 도움이 될 거야.

"무슨 주제로 말할까?"

"대화가 빨리 끝나서 어색해지면 어떻하지?"

대화하려는데 이런 걱정이 있는 친구라면 참고해 봐. 처음에 대화를 할 때에는 친구의 관심사 위주로 하는 것이 좋아. 일단 친구가 무엇을 좋아하고, 취미는 무엇인지 지켜봐. 그런데도 잘 모르겠다고? 그럼 그 친구와 친한 다른 친구에게 물어 보는 게 도움이 돼. 이제 친구의 관심사가 뭔지 알았다면 그 친구의 관심사 위주로 이야기를 이어나가 봐. 그러다 보면 너의 관심을 친구가 알아주고 자연스럽게 이야기를 이어갈 수 있을거야.

"그걸 왜 좋아해?"

라고 말하는 것은 좋지 않아. 친구라고 해도 개인의 취향은 존중을 해줘야 해.

"그렇구나! 나는 이걸 좋아해"

인정하고 존중하는 태도는 친구 사이에 기본인 것 같아. 그거 없이 웃고 떠들며 지낸다고 해서 결코 사이가 깊어지거나 좋아지지 않는다는 것 명심하자.

평소에는 많이 미소 짓고 이름을 자주 불러주면 좋아. 그런데 이때 주의할 점은 일부로 더 친해질려고 별명을 만들어서 부르거나 선 넘게 친구를 놀리는 경우가 있는데 완전 친한 친구가 아니면 그건 안 하는게 좋아.

그 친구와 좀 친해진거 같니? 그럼 이제 따로 만날 약속을 잡아봐. 같이 추억을 만드는거지. 친구와 추억이 생기면 더 같이 놀게 되고, 더욱 친해지기 좋아. 그리고 같이 했던 일, 웃겼던 일을 바탕으로 해서 더 많은 이야기를 나눌 수 있어. 약속이 잡히면 늦지 않게 시간을 맞춰서 나가야 해. 시간약속은 친구 사이에 참 중요한거야. 그리고 놀면서 사진도 찍고 전화번호도 공유하면서 친해지면 점차 베스트 프렌드가 될 수 있을거야.

지금까지 친구를 만드는 매직에 대해서 알려주었는데 어때? 이 글이 친구를 많이 만들고 싶어하는 너에게 조금이라도 도움이 됐다면 좋겠어. 그럼 인싸가 되는 그날까지 파이팅!

기쁘고 또 기쁜 하루

배준성

아침부터 기분이 좋았다. 오늘은 금요일, 무엇이든 좋은 일이 일어날 것만 같았다. 체육이 든 금요일은 시간도 잘 간다. 학교 수업을 마치고 3시가 되어 영어학원에 갔다. 그런데 오늘은 6학년 영어듣기평가가 있어서 7시에 또 영어 학원에 가야했다. 그것은 마음에 들지 않았지만 마친 후에 떡볶이를 먹는 시간은 기대가 되었다.

'언제 일곱시가 되나?'

하며 기다렸다. 드디어 7시. 학원에 가는 중에도 배가 고팠지만 떡볶이 먹을 생각에 꾹 참았다. 마침내 영어 테스트를 마치고 선생님께서 떡볶이를 사오셨다. 동대구 시장에 유명한 '먹거리 떡볶이'였다. 빨갛고 윤기가 좔좔 흐르는 떡볶이는 어서 날 먹어보라는 듯이 그릇에 담겨있었다. 군침이 흘렀다. 젓가락으로 긴 떡을 잡고 국물이 떨어지기 전에 얼른 입에 집어 넣었다. 영어 학원을 다니면서 느꼈던 그동안의 고단함이 싹 사라졌다. 쫄깃한 떡볶이의 달콤함과 매콤함 그리고 학원에서 먹는 떡볶이라 맛은 아주 꿀맛이었다. 친구들끼리 웃으면서 먹는 떡볶이는 정말 최고의 맛이었다. 나는 기뻤다.

다 먹고 집에 갈 시간이 되었다. 친구들과 보내는 시간이 즐거워 시간가는 줄을 몰랐다. 학원을 나와 친구가 편의점에서 간식을 사준다고 하여 함께 편의점에 들어갔다. 친구들과 간식을 서로 사주기도 하고 나눠서 먹는 일은 참 즐겁다. 이렇게 헤어져 각자 집으로 돌아간 친구 몇 명과 같이 휴대폰으로 게임을 하였다. 친구들과 게임을 하는 동안에는 아무 걱정이 없고 재미가 있어서 참 즐겁다.

오늘처럼 친구들과 어울려 맛있는 것을 먹고 게임을 즐기는 행복한 날이 자주 있었으면 좋겠다.

누가 좋은 친구인가

박선오

너희들에게는 친구가 있을 거야. 그 친구 중에는 좋은 친구도 있지만 그렇지 않은 친구도 있을거야. 왜냐하면 그가 나와 잘 맞을 수도 있지만 그렇지 않을 수도 있고 또 착한 사람도 있지만 나쁜 사람도 있기 때문이야. 지금부터 나는 내가 생각하는 좋은 친구를 몇 명 소개하려고 해. 그들이 왜 좋은 친구라고 생각하는지도 써 볼게. 내가 소개한 친구들이 너희들이 보기에도 좋은 친구인지 알고 싶어. 그리고 너희들은 어떤 친구가 좋은 친구라고 생각하는지도 궁금해. 같이 이야기 나눠보자.

내가 첫째로 꼽는 좋은 친구는 배려 해주는 친구야. 이 친구는 자기가 하고 싶은 것이 있어도 다른 친구들를 배려해서 그들이 하고 싶은 걸 할 수 있도록 양보를 잘해 줘. 그만큼 모든 친구들에게 사랑을 많이 받아. 서로 의견이 다를 때에 고집을 부리지 않고 가장 좋은 방법이 무엇일지를 깊이 생각해서 여러 사람이 만족할만한 것으로 선택을 잘해. 그 친구가 이렇게 하자고 제안을 하면 대부분의 아이들은 그의 말에 따라. 왜냐하면 그 친구는 자기의 이익만을 생각하지 않고 여러 사람에게 좋은 방법을 선택했을 거라는 믿음이 있기 때문이야.

둘째로 꼽는 좋은 친구는 운동을 잘하고 활달한 친구야. 사실 6학년에게 운동은 진짜 중요하거든. 반 대항 경기도 많고 남들이 하기 어려운 기술을 할 수 있거나 연습해서 실력을 높이면 인기도 그만큼 올라가. 그러기 위해서 그 친구는 체력이 좋아지게 매일 운동을 하기도 하고 승부를 떠나서 정정당당하게 최선을 다하는 모습을 보여줘. 또 활달한 것이 왜 중요하냐 하면 경기나 게임을 하다보면 질 수도 있고 억울한 상황이 생길 수 있잖아. 그때 그걸로 꼬투리 잡고 뒷담화를 하거나 심한 말을 해서 분위기를 안좋게 하고 사이가 나빠지게 하는 경우가 있어. 그러면 다음에 그 친구와 같이 게임하기 부담스러워지더라. 운동을 왜 해? 스트레스도 풀고 즐겁게 시간을 보내기 위해서 하는건데 너무 심각하게 승부만 따지고 이기기 위해서 꼼수를 부리거나 우기면 분위기가 험악해지고 놀이가 즐겁지가 않게 돼. 그래서 활달하게 분위기를 밝게 하면서 결과에는 깔끔하게 승복하고 다음 경기와 게임을 준비하는 친구가 나는 좋아.

다음으로 꼽는 좋은 친구는 힘은 센데 착한 친구야. 이 친구를 알게 된지 얼마 되지 않았지만 점점 알아갈수록 멋있고 좋아. 그는 힘이 세지만 함부로 힘을 쓰지 않고 자칫 자기가 그 힘을 잘못쓰면 다른 사람이 다칠수도 있다는 것을 알기 때문에 오히려 더욱 조심스럽게 대하는 태도가 참 좋아.

네 째로 좋은 친구는 재미있는 친구야. 상대방의 마음을 잘 알고 말도 함부로 하지 않고 까내리거나 나쁜 말을 하지도 않는데 웃겨. 장난도 잘 치고 두루두루 여러 사람과 사이좋게 지내서면서 재미있는 이야기들도 많이 듣고 와서 전해 줘. 우리 동네 소식통이지. 그런데 그 친구가 전하는 소식은 남을 험담하거나 나쁘게 하는 말이나 근거 없는 소문 같은 것이 아니야. 그래서 그 친구랑 있으면 기분이 좋고 웃을 일이 많아서 자주 어울리고 싶어.

내가 남자라서 여자 아이들이 생각하는 것과 좋은 친구에 대한 생각이 조금 다를 수 있어. 하지만 굳이 남녀를 따지지 않더라도 다른 사람의 입장을 잘 생각해서 친절하게 대해주고 바른 말을 쓰는 친구들이 대체로 인기가 많고 좋은 친구인 것 같아. 살면서 친구가 없다면 너무 재미 없고 쓸쓸할 것 같아. 친구는 정말 없어서는 안될 소중한 존재잖아. 앞으로도 너나 나나 좋은 친구를 많이 사귈 수 있기를 바라고 또 그들에게도 우리가 좋은 친구가 되어주면 좋을 것 같아. 너의 좋은 친구는 어떤 친구인지 리뷰로 알려주면 좋겠어. 여기까지 내 글을 읽어줘서 고마워.

네가 있어
좋아

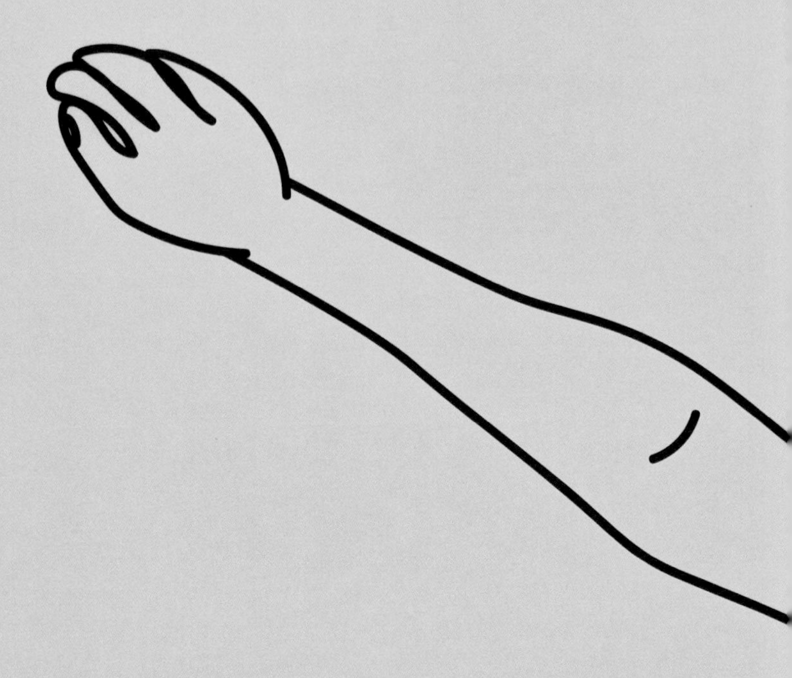

제3부
한 번뿐인 내 인생

공부하지 않기에는 내 인생에게 미안하니까

엄주연

대부분의 학생들은 공부를 싫어한다. 지루해서? 어려워서? 이유도 제각각이다. 나도 얼마 전까지는 그랬다. '공부를 좋아하는 이상한 사람이 있기는 할까?' 싶었다. 하지만 내가 바로 그 이상한 사람이 되었다. 이제는 공부가 좋아졌다는 말이다. 공부에 관한 고민은 내 또래들의 가장 큰 고민이고 한때 나의 고민이기도 했다. 그래서 공부를 싫어하는 학생들이 내 글을 읽고 조금이라도 공부를 좋아하게 된다면 좋겠다는 바람으로 이 글을 쓰게 되었다.

이쯤되면 어떻게 공부가 좋아졌는지 궁금할 것이다. 내 변화에 가장 큰 영향을 준 책이 있는데 그 책은 박성혁 작가의 '이토록 공부가 재미있어지는 순간'이다. 한때 베스트 셀러 1위에도 올랐을 만큼 유명한 책이어서 알 만한 사람들은 알 것이다. 작가는 자신의 경험을 토대로 왜 공부를 해야 하는지에 대해 주로 설명해준다. 다들 한번씩은 "이런 것들 배워서 어디에 써먹어?" 라는 생각을 해보았을 것이다. 하지만 누구도 반박하지 못할 것 같은 의문에도 작가는 해답을 내놓았다. 또 '공부하지 않기에는 내 인생에게 미안하니까' 라는 말에서 나는 진정으로 공감이 되었다. 공부를 재미있게 하고 싶다면 이 책은 꼭 읽어보길 바란다. 꼭 공부를 싫어하는 사람이 아니라도 읽다보면 저절로 고개가 끄덕여지게 될 것이라고 생각한다.

기회는 준비된 자에게 오는 것이 아닌 준비된 자가 잡는 것이다. in 서울, SKY대학, 로스쿨 수석졸업, 우리는 만만치 않은 목표를 껴안고 미래를 위해 살아간다. 하지만 상위권의 사람들도 들지 못하는 그곳의 경쟁률이 얼마나 될지는 상상도 가지 않는다. 하루 하루를 미래만 바라보며 살아가는 사람들도 있지만 학원 하나 안 다니고 혼자 공부해서 미래를 화려하게 만드는 사람들도 있다. 이런 사람들의 공통점은 무엇일까? 바로 공부를 꾸준히, 많이 하는 것이다. 이런 사람들은 벼락치기로 시험 전날 후다닥 공부하지 않는다. 또 시험 결과에 연연하지 않고 다음 시험을 위해 또 다시 공부한다. 이렇게 실력을 쌓아가는 것이다. 이런 사람들을 보며 '대단하다, 나도 저렇게 되고 싶다'고 생각은 하겠지만 실천하기는 결코 쉽지 않다.

공부에 찌들어 있는 당신에게는 쳐다보기도 싫은 게 공부일 것이다. 그러므로 공부를 재미있게 만들어 보는 건 어떨까? 방법은 간단하다. 자신이 할 일을 종이에 적어놓고 모든 것을 완료했다면 그때 휴대폰 보기, 게임하기 등과 같이 나에게 보상을 주는 것이다. 이처럼 당신만의 공부 방법을 만들어 가며 공부와 점점 친해지길 바란다.

지금의 1분 1초는 엄청나게 소중하다. 지금의 시간 하나하나가 내 인생을 송두리째 바꿀수도 있는 것이다. 나중에 후회하지 말고 열심히 공부 해본다면 꼭 도움이 될 것이다. 처음에는 시험 결과에 연연하지 마라. 누구나 실패는 하는 것이고, 실패를 하면서 점점 더 커가는 것이니까. 누구나 마음만 먹으면 공부는 열심히 할 수 있다. 내 미래를 위해서, 내 꿈을 위해서 큰 결심을 하고 연필을 든다면 당신은 정말 훌륭한 사람이다. 그리고, 당신의 라이벌은 당신이 놀고 있을 때도 죽도록 공부하고 있을 거라는 사실을 절대 잊지 말라. 그럼 파이팅!

장래 희망이 없어 고민이라고

손예원

안녕? 나는 장래희망이 없어서 고민인 친구들과 나는 이야기 나눠보고 싶어. 먼저 '장래희망'이라는 말의 뜻을 알고 시작하면 좋을 것 같아. 장래희망은 장차 하고자 하는 일이나 직업에 대한 희망을 말해. 지금부터 우리의 장래희망에 대해 이야기를 나눠보자.

나의 8살 때 모습을 말해볼게. 나는 하라는 공부는 하지 않고 말썽만 피우는 떼쟁이에 소위 말썽쟁이였어. 수업시간에는 항상 딴짓을 하거나 잠을 자기도 했어. 그때 나는 오직 친구들과 축구하는 것만 좋아했거든. 그래서 너는 커서 뭐가 되려고 그러느냐는 걱정을 듣기도 했어. 하지만 그때 축구를 같이 한 친구들과는 그리 오래 하지 못했어. 왜냐하면 친구들이 이사를 가야했기 때문이야. 너무 아쉬웠지만 할 수 없었지. 그렇지만 나는 새로운 친구들을 모아 다시 같이 축구를 했어. 그 결과 나는 지금 축구선수가 되겠다는 장래희망을 가지게 되었어.

또 6학년 때 한 표준화검사 결과에서 나의 강점도 도전정신과 승부욕이 강하므로 추천 직업에 운동선수가 나와 있어서 더욱 힘을 얻었어. 워크넷이라는 진로 사이트에서 한 심리검사나 직업심리검사에서도 운동선수가 잘 맞다고 나와서 축구가 나의 흥미 뿐만 아니라 적성에도 맞다고 생각되니 더욱 자신감을 갖게 되었지. 나는 모든 사람들이 자기 자신이 아닌 다른 누군가처럼 될 필요는 없다고 생각해. 가장 중요한 것은 나의 적성과 흥미가 어디에 있느냐 인것 같아. 밥벌이가 되느냐 하는 것도 물론 중요한 결정 포인트이긴 하지만 나의 적성과 흥미, 나의 노력 정도가 밥벌이라는 기준보다 더 앞서야 한다고 생각해. 너가 잘하는 것, 너의 성격에 맞는 것이 무엇인지 찾는다면 다른 직업보다 충실하게, 오랫동안 즐겁게 할 수 있을거야.

보다 적극적으로 너의 장래희망을 찾아봐. 예를 들면 진로상담이나 전문가의 조언, 표준화검사, 진로와 관련된 사이트 등을 활용해 보는 것을 추천해. 막연히 무엇이 되어야겠다고 생각하고 꿈꾸기 보다는 구체적으로 어떤 관련 지식이 필요한지, 관련된 다른 분야의 직업에는 어떤 것들이 있는지를 탐색하면서 자기의 꿈을 향해 노력을 쌓아간다면 너 자신도 행복한 너만의 장래희망을 갖게 될거라고 생각해.

네가 미래에 어떤 사람이 될지 모르겠지만 이 글을 읽고 너의 꿈에 한 발짝 더 다가갈 수 있었으면 해.

너와 나, 모두의 꿈을 응원해!

중학교, 어디 가지

송지우

난 6학년이 되고 나서 중학교를 가는 게 싫어졌어. 왜냐구? 친구들과 떨어지는 것도 싫고, 공부도 어려워지잖아. 새로운 환경에 적응하는 것이 힘들거든. 아, 미안, 내 이야기가 길어졌네. 너희 중에도 중학교 어디로 갈지 고민인 친구가 있지? 6학년이 되면 더 고민이 돼. 그래서 우리가 갈 수 있는 중학교들에 대한 기본적인 정보들을 정리해봤어. 우리가 가야할 중학교에 대해서 미리 안다면 모르고 가는 것보다 낫겠지.

중학교가 초등학교와 다른점부터 좀 알아보자. 먼저 교실에 담임 선생님께서 계속 계시지 않아. 그래서 무슨 일이 있을 때 담임선생님을 뵈려면 교무실로 찾아가야 해. 그리고 한 시간 수업시간이 45분으로 5분 더 길어져. 수요일이라고 빨리 하교하는 일은 없어. 대부분 6교시나나 7교시를 해. 다행인 점은 학교 안에 매점이 있다는 건데 그마저 없는 학교도 있다니. 그다지 좋은 점은 없는 것 같네. 그리고 모의고사, 기말고사 등은 시험은 거의 다 고등학교를 가기 위해 치는 거래. 학교생활기록부나 통지표에 남지는 않으니까 참고하면 되겠어.

자, 이제 중학교 원서에 대해 알아보자. 보통 1지망, 2지망을 정하잖아. 이것도 학원 언니에게 들은건데 대부분의 학교는 1지망에 붙는대. 100%는 아니니까 방심은 금물, 제발 나나 너희들이 쓴 모든 원서가 1지망에서 다 붙으면 좋겠다. 그리고 확실한 하나는 우리 학교 인근의 중학교는 100% 교복을 입어. 이건 다른 이야기인데 중학교에는 선생님만 쓰는 화장실이 있어서 만약 사용하면 벌점을 준대. 벌점은 1~2점 정도로 낮기는 한데 왜그런지는 잘 모르겠어.

자, 지금부터 본격적으로 우리가 갈 수 있는 중학교들에 대해 소개할게. 먼저 중학교는 남녀공학 중학교, 여자중학교, 남자중학교로 나뉘어. 이 정도는 알지? 내가 적은 곳은 모두 대구에 있는 것이야. 그럼 첫 번째로 공학학교야. 북구에는 대구 침산중학교, 산격 중학교, 대구 일 중학교, 복현중학교가 있어. 동구에는 청구 중학교, 신아 중학교, 불로 중학교, 입석중학교가 있어. 수성구에는 대구 동중학교, 중앙중학교가 있고 중구엔 부설중학교, 대구 제일 중학교가 있어.

두 번째로는 여중이야. 북구에는 경명 여자중학교가 있고 수성구에는 소선 여자중학교, 신명 여자중학교가 있어. 남구엔 경일 여자중학교, 경혜 여자중학교가 있고 달서구에는 송연 여자중학교가 있어. 그리고 서구에는 경산 여자중학교, 중구엔 성명 여자중학교가 있어.

세 번째로 남중이야. 남중은 대구 안에는 성광중학교 밖에 없어.

그리고 우리 학교 작년 졸업생 선배들은 대구 일 중학교에 1지망을 많이 썼어. 또 여자는 경명 여자중학교에 많이 지망했고, 남자는 성광중학교에 많이 지망했어.

나는 아직까지 어느 중학교를 갈지 고민하고 있어. '아는 언니가 있는 곳으로 갈까? 아님 배구를 특기로 하는 중학교로 갈까?' 아무튼 내가 잘 적응할 수 있고 좋은 친구들을 만날 수 있는 곳으로 가고 싶어.

이상 중학교에 대한 소개를 마치도록 할게. 너도 1지망으로 지원한 학교에 붙기를 빌게. 내가 아는 작은 것들이 누군가에게는 쓸모있는 정보가 되면 좋겠고 앞으로의 학교생활도 즐겁고 활기차게 해. 안녕.

중학교 어디로 갈지 고민인 친구가 있지?

나의 꿈을 찾아서

황수현

너도 알고 싶니? 너의 꿈을 찾는 방법 말이야.
아직 꿈이 없거나 장래희망이 없는 친구들에게 이 글을 바쳐.

일단 아직 어린 우리에게는 많은 경험이 필요하다는 걸 말해주고 싶어. 교과공부, 미술, 만들기, 과학, 영어 등 안 해본 걸 하면서 자기 재능을 찾아보자. 다양한 경험을 하면서 나의 적성과 흥미, 관심 분야를 찾아보면 누구나 자기가 가지고 있는 자기의 재능을 발견할 수 있고 미래의 희망도 꿈꿔볼 수 있어. 아무것도 시도하지 않고 가만히 앉아서 생각만으로 무엇을 어떻게 해볼 수는 없으니까 말이야. 다양한 경험 쌓기를 잊지말자. 우리에게 지금 필요한 것은 도전 정신이야.

그리고 무엇보다 꿈을 찾을 때의 마음 가짐은 조급해 하지 않는거야. 지금 당장 무엇을 할지 꼭 정할 필요는 없어. 조금 기다려 보는 것도 좋아. 내 글을 읽는 너희들은 내 또래일텐데 지금 하고 있는 공부를 열심히 하거나 호기심이 가는 다양한 활동을 하면서 꿈을 탐색하며 기다려 보자. 그러면서 우리는 클 거야. 그리고 클 동안 쌓게 될 경험과 지식들로 인해 지금보다 할 수 있는 것도 더 많아지고 지금은 하기 어려운 일도 해낼 수 있게 될 거야. 나도 지금보다 어릴 때에는 꿈이 없었어. 그러다가 우연히 TV를 보았고 의사라는 꿈을 가지게 되었어. 물론 영어 단어 많이 외우기, 의과 대학교 가기 등 많은 공부 기간이 남아있지만 그 꿈을 진짜 이룰 수 있다는 믿음과 자신감이 있다면 얼마든지 내 꿈을 이룰 수 있다고 생각해.

그렇지만 우리는 아직 어린 나이야. 또 내가 이루고 싶은 꿈이라는 건 찾기가 어려워. 지금 하고 있는 나의 생각과 애써서 하고 있는 그 일이 미래의 나를 바꿀 수 있다고 생각해. 우리가 오랫동안 산다고 생각하면 아직 시간이 한참 남아있어. 그러니 너무 걱정하지 말고, 곧 다가올 미래만을 위해 지금의 시간을 다 쓰지도 말고 지금 하루하루 알차고 즐겁게 지내자. 그러니 너는 언제나 너를 더 사랑해주고 스스로를 격려 하면서 오늘 하루를 보내자.

그동안 나는 너의 꿈을 찾기 위해 많은 경험을 하면서, 조급해 하지 말고 기다려 보자는 것을 깨달았어. 너에게 공감이 되거나 도움이 되는 부분이 있었니? 이 글은 나에게 스스로 하는 말이기도 해. 날마다 조금씩 자라고 있는 너와 나를 응원해주고 싶어.

꿈을 찾고 있는 너에게 추천해 주고 싶은 두 권의 그림책이 있어. 한 권은 '배운다는 건 뭘까? (저자 채인선)' 라는 책이고 다른 한 권은 '브로콜리지만 사랑받고 싶어 (저자 별다름, 달다름)' 라는 책이야. 이 재미있는 그림책이 너에게도 어떤 영감을 줄 수 있을 거라고 생각해. 지금까지 읽어줘서 고마워. 너의 꿈을 찾길 바랄게.

못했던 수학

신화영

나는 공부를 못했어. 1학년부터 4학년까지는 성적이 정말 낮았어. 수학뿐만 아니라 다른 과목에도 아예 신경을 안썼기 때문에 형편 없었지. 그러다가 5학년 때 수학 학원을 가게 되었는데 억지로 학원에 갈 수 밖에 없었어. 학원 가는 것이 너무 싫어서 눈물을 참으며 갔지. 그런데 2~3주 수학 학원을 다니다 보니까 차츰 수학이 재미있어진거야. 수학이 재미있다고 느껴지자 신기하게 학교 성적이 오르기 시작했어. 더 놀라운 사실은 수학 성적이 조금 오르자 사회, 영어까지도 공부하는 재미가 생겼고 같이 성적도 올랐다는거야.

나는 이제 공부를 못하지 않아. 공부를 못했던 과거가 있을 뿐이야. '좋아하면 잘하게 된다'는 말이 있는데 정말 맞는 말이다. 나는 수학을 좋아하게 되었고 이제는 잘해. 좋아하면 집중하게 되고 집중하면 아는, 맞히는 즐거움을 알게 돼. 이것은 공부가 재미있어 지는 순서인 것 같아. 공부를 잘하고 싶어? 그러면 집중을 해야 해.

그런데 갑자기 공부에 집중하기가 쉬워? 그렇지 않잖아. 나도 잘 알아. 그래서 내가 집중력을 높일 수 있는 효과적인 방법 몇 가지를 알려줄게.

먼저 집중하는 시간은 차츰 늘려가야 해. 처음부터 한 시간 내내 집중하기란 불가능해. 처음에는 1분, 다음에는 5분 이런 식으로 시간을 늘려가면 돼. 무엇에 집중해야 하는 지를 분명하게 알아야하는데 특히 문제를 풀 때에 문제가 요구하는 것이 무엇인지를 정확히 알아야 해. 그것만 알아도 점수가 확 올라가. 그래서 맞는 것, 틀린 것, 옳지 않은 것 같은 부분에 밑줄을 치거나 묻는 중요한 핵심단어에 동그라미를 치며 핵심을 파악하도록 해봐. 그리고 손을 놀게 하면 안된다. 밑줄을 친다든지, 공책에 적는다든지 해서 손으로 적으면서 공부하는 것을 추천해. 또 입으로 중얼거리는 것도 좋다. 소리를 내서 공부하면 더 좋지만 그럴 수 없다면 속으로 천천히 읽으면 돼. 손으로 쓰고 눈으로 읽으면서 입으로 따라하는 것은 공부하는데 아주 도움이 되니까 한 번 해봐.

또 체력이 중요해. 공부에 웬 체력이라고 생각할 수 있겠지만 공부는 사실 체력전이야. 그래서 공부 외의 시간에는 몸을 움직여서 체력을 올리고 튼튼하게 하는 것이 오래 공부하는데 도움이 돼. 운동은 스트레스도 줄어들고 오히려 집중할 수 있는 정신력도 길러 주거든. 공부하는 시간 외에는 몸을 많이 움직여. 5분 스트레칭도 좋고 산책이나 달리기도 좋아. 친구들과 잠시 시간내어 노는 것이 최고 좋지. 그밖으로는 공부와 별로 상관없어 보이는 외적인 건데 수면이 부족하다든지 배가 고프다든지 목이 마르다든지 하면 안돼. 그것 때문에 방해를 받거든. 그래서 잠은 정한 시간에 충분히 자고 밥도 때되면 굶지 말고 잘 챙겨 먹어. 물 한 잔 정도는 책상 옆에 두는 것도 좋아. 그래서 공부에 방해되는 것들은 미리 없애 주는 게 좋을 것 같아.

알려줄게, 공부 잘하는 방법

이온유

공부가 어려워? 재미도 없고? 나도 그래. 그래서 나는 공부를 잘하는 사람들의 공통점을 살펴보며 공부를 잘하는 방법을 알아보았어. 내가 찾은 공부를 잘하는 방법, 궁금해? 아이엠스쿨이라는 앱(다산북스 계정)에서 열심히 찾은 정보이니 끝까지 읽어줘. 공부를 잘하고 싶은 너에게도 이 글이 도움이 되길 바라며 이야기를 시작할게.

먼저 공부를 잘하는 사람은 책을 많이 읽어. 독서가 습관이 된 학생들은 따로 공부하지 않아도 문장력이나 독해력이 뛰어나. 특히 책을 읽으며 쌓은 배경지식은 서술형 문제를 풀거나 비문학 지문 등을 풀 때 많은 도움이 돼. 그러니 책을 싫어하더라도 한번 읽어보면 어떨까? 책을 읽는 게 정말 싫다면 자신이 좋아하는 영화 원작 소설을 읽어보는 것도 추천해.

또 공부를 잘하는 사람은 노트 정리를 꼼꼼하게 해. 너는 노트 정리를 하는 걸 좋아하니? 나는 노트 정리를 하는 걸 좋아해. 노트 정리를 하면 시험을 치기 전에 생각 정리를 할 수 있고 깔끔하게 필기된 노트를 보면 뿌듯하기 때문이야. 그래서인지 공부를 잘하는 학생들도 노트 정리를 자주 해. 물론 한눈에 알아보도록 깔끔하게 말이지. 또한 노트 정리를 하면 자신이 무엇을 모르고 있는지 파악할 수 있어서 복습하게 돼. 하지만 절대 하면 안되는게 있는데 그건 바로 예쁘게 정리하기에만 신경쓰는 거야.

마지막으로 틀리는 걸 창피해 하지 않아. 오히려 틀린 문제를 보고 자신이 잘못 생각하고, 부족한 점을 찾으며 더욱 완벽해지지. 틀린 걸 알아가는 것이 공부의 핵심이기 때문이야. 틀린 문제를 보고 어떻게 해야 할지 모르겠다고? 그렇다면 오답 노트를 써봐. 오답 노트는 틀린 문제를 모아서 적은 것으로 틀린 이유, 풀이과정을 쓰는 거야. 오답 노트를 쓰면 자신이 무엇을 모르는지 알기 쉽고 시험을 치기 전에 틀린 문제를 한번 훑어봄으로써 부족한 걸 채워 철저하게 대비할 수 있게 돼. 공부하는데 자신감을 갖게 하는 것이 오답 노트같아.

지금까지 공부를 잘하는 사람들의 공통점에 대해 알려주었는데 어때? 나의 글이 너의 공부에 조금이라도 도움이 되면 좋겠어. 아, 수업시간에 딴 생각 않고 집중하는 것은 가장 기본적인 태도야. 너도 그렇게 하고 있지? 공부를 잘하고 싶다는 너의 의지가 노력으로 이어져 언제나 네가 원하는 결과를 얻게 되기를 바랄게.

깨끗한 학교, 건강한 지구 만들기

권순범

쓰레기가 아무렇게 버려져서 지저분한 학교가 우리 학교라면 어떨까? 우리가 하루 중에 많은 시간을 보내는 학교가 깨끗하면 좋겠지? 그러기 위해서 쓰레기를 모두 없애버리고 아무도 쓰레기를 만들어 내지 못하게 하면 좋겠지만 그건 불가능한 일이잖아. 그러면 우리가 깨끗한 학교를 만들기 위해 할 수 있는 방법에는 뭐가 있을지, 또 우리가 살고 있는 지구를 건강하게 만들 수 있는 방법으로는 무엇이 있을지 함께 찾아보자.

먼저 깨끗한 학교를 만들 수 있는 방법부터 생각해 보자. 간단한데 급식실에서 받은 간식은 급식실 안에서만 먹는거야. 뜬금없이 웬 간식 이야기냐고? 교실은 여러 친구들이 보고 있고 담임선생님도 관리를 하시니까 그런대로 깨끗하게 유지가 되는데 복도는 그렇지 못한 것 같아. 여러 친구들이 쓰기도 하고 누가 더럽혔는지도 알기 어렵기 때문일거야. 그래서 깨끗한 복도를 유지하기 위해서는 아이들이 급식실에서 간식을 들고 나오면 안 된다고 생각해. 급식실 밖에서 간식을 먹을때는 좋겠지만 먹고 난 후에 나오는 봉지나 막대 등를 교실까지 들고 가서 버리기는 귀찮으니까 아무데나 구석진 자리에 쓰레기를 버리게 되는 것 같아. 그러니까 아예 급식실에서 간식 자체를 들고 나오지 말아야 해. 그러면 깨끗한 복도가 유지될 것 같아.

다음으로 이미 버려진 쓰레기 처리가 문제인데 해결 방법은 쓰레기 줍기밖에 없을 것 같아. 우리 학교는 운동장 스텐드에 쓰레기가 좀 많아. 방과후에 학원 차를 기다리거나 방과후 학교를 가기 전에 출출하니까 간식을 먹고는 아무데나 쓰레기를 버려서야. 그러니까 좀 번거롭더라도 자기가 만든 쓰레기는 주머니에 넣거나 가방에 넣어서 집으로 되가져가거나 조금 멀더라도 쓰레기 통에 버려야하는데 그러지 못해. 그래서 쓰레기를 내가 버리지 않았더라도 눈에 띄는 쓰레기는 주워서 쓰레기통에 버려야 해. '깨진 유리창 실험'에서 작은 유리창 하나가 깨어지자 그 마을 전체가 점차 범죄 도시로 바뀌어 간 걸 보았어. 작은 쓰레기조차 없는 우리 학교 스텐드라면 뒷 사람도 함부로 쓰레기를 버리지 못 할거야. 사람이라면 누구나 깨끗한 걸 좋아할테니까 말이야.

지금부터는 건강한 지구 만들기를 위한 방법을 생각해보자. 첫 번째로 실천할 수 있는 방법은 일회용품 사용 줄이기야. 지구의 환경파괴의 주범은 일회요품이야. 이 일회용품만 적게 사용해도 쓰레기 섬의 3분의 1은 사라질거래. 그러니까 되도록 다회용기를 쓰자. 다음으로는 에너지 사용을 줄이는거야. 낭비되는 에너지가 없도록 아껴쓰자. 버려지는 에너지만 줄여도 빙하를 지킬 수 있고 북극곰도 우리가 보호해줄 수 있어. 지금도 사라져 가는 멸종위기의 동식물을 위해 더 나아가 우리 인류를 위해서라도 건강한 지구를 지키기 위해 노력하자.

쓰레기 함부로 버리지 않기부터 일회용품 사용 줄이기, 에너지 아껴쓰기는 많이 들어봤을거야. 그러나 아는 것에서 그치고 생활에서 아무것도 실천하지 않는다면 변하는 것도 없어. 나부터 위에 말한 것들을 꼭 실천해서 깨끗한 우리 학교, 건강한 지구 지키기에 나설거야. 너도 함께 하자.

스마트폰 중독에 바르게 대처하자

이주연

아침에 밥은 안 먹어도 되고 학교는 지각할 수 있지만 휴대전화를 집에 놓고 나오는 건 절대 안된다고? 다른 건 양보해도 휴대전화만큼은 양보 못 하는 친구 있어? 혹시 너? 그렇다면 나랑 같이 스마트폰 중독이 뭔지 알아보고 스마트폰 중독이 되지 않으려면 어떻게 대처해야 하는지 알아보자.

중독이란 어떤 사상이나 사물에 젖어 버려 정상적으로 사물을 판단할 수 없는 상태를 말해. 그렇다면 스마트폰 중독이란 노모포비아 즉 **no**, **mobile**(휴대폰), **phobia**(공포)를 합성한 신조어로 휴대폰이 가까이 없으면 불안감을 느끼는 증상을 말해. 스마트폰을 쓰는 세 사람 중 한 명이 스마트폰 중독이라고 하니 생각보다 심각하지. 그럼 너와 나는 스마트폰 중독 상태가 아닐까? 아래에 자가진단할 수 있는 몇 가지 질문들이 있어. 스스로 몇 가지나 해당이 되는지 점검해 봐.

1. 스마트폰이 없으면 손이 떨리거나 불안하다

2. 스마트폰을 잃어버리면 친구를 잃은 느낌이다

3. 하루에 스마트폰을 2시간 이상 쓴다

4. 스마트폰에 설치한 앱이 30개 이상이고 대부분 사용한다

5. 화장실에 스마트폰을 가지고 간다

6. 스마트폰 키패드가 쿼티 키패드(단모음 키패드)다

7. 스마트폰 글자 쓰는 속도가 남들보다 빠르다

8. 밥을 먹다가 스마트폰 소리가 들리면 즉시 달려간다

9. 스마트폰을 보물 1호라고 생각한다

10. 스마트폰으로 쇼핑한 적이 2회 이상 있다

위의 항목 중 '그렇다'가 8개 이상일 경우는 중독 상태이고 5~7개는 의심 상태, 3~4개는 '위험군에 속해. 너는 어디에 해당되니?

이제 스마트폰 중독이 되지 않기 위해 우리가 할 수 있는 올바른 대처법을 알아보자. 첫째는 폰 사용 시간을 제한하는거야. 부모님과 함께 정한 시간이 아니면 게임 등 인터넷 인결이 안되도록 앱으로 설정을 하는거야. 예를 들면 패밀리링크, T청소년 알림팩이라는 앱이 있는데 나도 사용하고 있고 중독되지 않도록 하는데 효과가 좋더라. 저 앱들은 부모님이 자녀의 폰 사용 시간을 부모용 앱에서 정해두면 자녀의 폰에 시간이 작용이 되면서 자녀가 자신의 폰을 부모님이 정한 만큼 쓰고나면 더 이상 쓸 수 없게

잠기는거야. 그리고 다음날에 쓸 수 있는 거지. 그 밖에도 좋은 앱들이 더 많으니까 부모님과 상의 해서 각 가정의 상황에 맞게 활용하면 돼.

다음 방법은 좀 재미있는 방법인데 스마트폰이 아닌 다른 취미활동이나 공부를 해서 폰 할 시간을 줄이는거야. 스마트폰보다 재미있는게 뭐가 있을지 적극적으로 찾아봐. 그동안은 스마트폰에만 빠져서 다른 건 관심도 없고 해보지 않아서 몰랐지만 지금부터는 취미활동으로 너에게 숨겨져 있는 특기나 장기를 발견해 봐. 그러면 스마트폰 중독도 막을 수 있고 해 보지 못했던 다양한 경험으로 보다 건강하고 재미난 생활을 할 수 있을거야.

마지막 알려주고 싶은 건 스마트폰 사용의 단점이야. 스마트폰을 이용해서 시간을 재미있게 보낼 수 있는 장점이 있지만 그러는 동안에 너는 너의 시력을 받쳐야 해. 안경을 써야 될 수도 있고 일자목이나 거북목 증후군 손목터널증후군 등 병을 얻게 되기도 해. 또 과도한 사용으로 정서적인 문제를 얻게 될 수도 있는데 불안감,우울증 등을 유발하는 신경 전달 물질이 증가해. 그렇게 더욱 스마트폰 중독의 늪으로 빠져들게 되니까 우리는 스마트폰 중독이 되지 않도록 조심하자.

잘 사용하면 유용하고 재미있는 것이 스마트폰이지만 자칫 아무렇게나 아무 때나 구분하지 못하고 매달려서 쓰다보면 네가 스마트폰의 노예가 될 수도 있어. 그러니 스마트폰 지혜롭게 잘 활용해서 중독이 되지 않도록 올바르게 대처하자.

공부할 때 쓰면 좋은 것들

정다현

안녕, 난 공부할 때 있으면 좋은 물건들에 대해서 소개해 주려고 해. 긴 말 안하고 바로 알려줄게.

처음에 알려줄 건 스터디 플래너야. 스터디플래너는 공부 계획을 쓰고 관리하도록 해주는 것이야. 난 계획을 생각만 하고 잘 실천하지 않았어. 그래서 스터디 플래너를 쓰기 시작했는데 스터디 플래너로 계획을 세우고 공부를 시작한 날은 실행율이 높았었어. 그래서 난 지금도 공부할 때 쓰고 있어. 나는 계획을 세우고 성취하는 것이 크게 동기부여가 되었어. 그래서 더 열심히 했던 것 같아. 스터디 플래너로 유명한 곳은 모트모트가 있으니까 참고하면 좋을 것 같고 혹시 처음이라 쓰기 어렵다면 인스타그램에 #공스타그램 #스터디플래너를 검색하면 다른 분들이 쓴 것을 볼 수 있어서 처음이라도 쉽게 쓸 수 있을 거야. 그런데 플래너 쓰는데 시간을 너무 많이 들인다면 플래너 쓰는 건 비추천해. 계획이 중요한 것이 아니라 실천이 더 중요하니까. 알지?

두 번째는 공부 시간 측정하기야. 공부시간 측정을 하게 된다면 자신에게 무리한 계획을 세우지 않고 적당하게 목표시간을 세울 수 있어. 점점 늘어가는 공부 시간을 보며 뿌듯함과 성취감을 느끼기 위해서야.

그럼 공부시간은 어떻게 측정하는지 알려줄게. 먼저 소개할 것은 공부 앱이야. 공부 앱은 내가 직접 써서 간단하게 계획을 만들 수 있고 공부 시간 측정도 가능해. 공부 앱으로는 열품타, 열공시간 등 많은 앱이 있는데 내가 쓰는 건 올클이라는 앱이야. 올클은 모트모트에서 만든 앱인데 가장 깔끔하고 쓰기에 편하다고 느껴졌어. 조금 귀찮을 수 있지만 여러 앱들을 쓰면서 자신이 가장 편한걸 쓰는 게 좋을 것 같아. 공부 앱의 장점은 스터디 플래너 보다 간편하게 공부계획을 세울 수 있고, 무료인게 큰 장점 같아. 단점은 핸드폰이 공부를 방해 할 수 있다는 점인데 플래너 쓰는데 시간을 다 보내는 친구들이라면 공부 앱을 사용해 보는 것도 좋겠어.

다음으로 알려줄 것은 드레텍 스톱워치인데 그냥 보통 스톱워치랑 비슷하게 생겼어. 가장 기본적인 것만 돼서 핸드폰을 사용하지 않아도 괜찮아. 한 문제를 몇 분만에 푸는지, 내가 공부를 얼마나 했는지, 지금이 몇시인지 이런것들을 스탑워치 하나로 해결 가능해서 돈이 조금은 들어도 그만한 값어치를 하는 앱이라고 생각해. 매번 공부한다고 기껏 마음 잡아놓고 핸드폰 보느라고 공부 안하는 친구들에게 매우 추천해.

세 번째는 타공기야. 타공기는 필기를 노트, 메모지에 하는 친구들에게 추천하는건데 공책에 필기를 하면 책처럼 넘기면서 한 눈에 볼 수 있지만 메모지에 필기 하는 친구들은 스테이플러로 모아두거나 파일에 넣어두는 친구들이 많이 있더라. 그런 친구들은 타공기 써보는거 추천해. 타공기는 종이에 맞춰 일정하게 구멍을 뚫어 주는거야. 한 개에 A4, B5등 사이즈도 다양해서 타공기로 구멍을 뚫어놓고 바인더링 끼워주면 공책이 만들어져. 아! 약간의 팁을 주자면 구멍을 전체 다 뚫으면 잘 넘어가지 않아서 불편하니까 구멍을 다 뚫지 않는 것이 좋아.

스터디플래너나 공부시간 측정하기 그리고 타공기는 너의 공부에 도움이 될 수 있어. 그러나 가장 중요한 것은 공부에 집중하겠다는 마음가짐이라고 생각해. 앞에 것들은 너에게 도움이 되는 보조장치일 뿐이라는 걸 꼭 기억해 주면 좋겠어. 지금까지 내 글 읽어줘서 고마워. 나의 글이 너의 공부에 조금이라도 도움이 되길 바래. 내 글을 읽는 모든 친구들의 공부를 응원할게!

건강한 지구 만들기

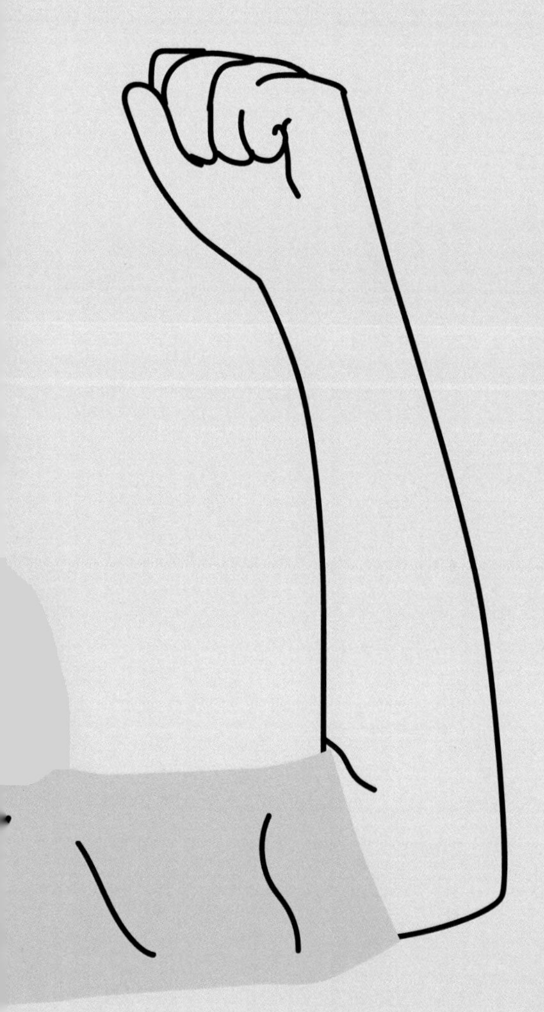

제4부
북적북적 수상한 책방

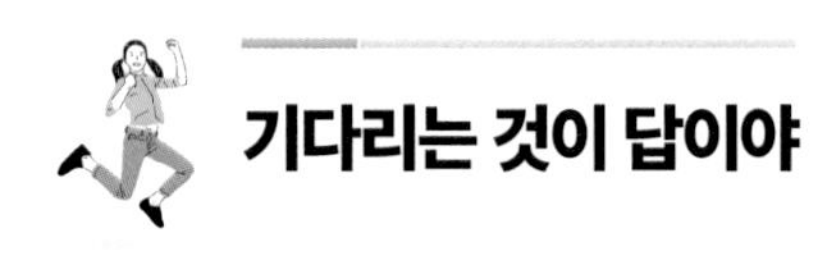

기다리는 것이 답이야

이서준

무언가를 시작했다가 실패한 적 있니? 그때의 기분이 어땠어? 난 속상하고 화나고 짜증이 났어. 복잡한 감정이 들어서 혼란스럽더라. 그때 누군가가 내 곁으로 와서 내가 생각하지 못했던 해답들을 마구 이야기 해주면 어떨 것 같아? 고마울 수도 있겠지만 귀찮고 성가실 수도 있을 것 같아. 나는 아직 실패한 이 상황을 받아들이지 못했고 왜 갑자기 이런 사고가 일어났는지 알아차리지 못했어. 특히 실패의 원인이 나로 인한 것이 아니라 밖에서 갑작스럽게, 어쩔 수 없이 혹은 단순 실수로 일어난 경우라면 더더욱 받아들이는데 시간이 필요하지 않겠어? 그래서 혼자서 조용히 생각할 시간을 갖고 싶은거야.

그렇지만 나의 성급한 친구들이나 가족, 선생님은 실패한 나를 위로 해주고 싶고 빨리 다시 일어나게 해주고 싶은 마음을 갖고 내게 와서 이런저런 말들을 해줘. 실패한 내 마음을 스스로 추스를 시간을 주지 않아. 그들이 좋은 마음을 가지고 내게 왔다는 것을 아니까 나는 싫은 내색을 할 수도 없고 그렇다고 화를 낼 수도 없어. 그런 내가 할 수 있는 유일한 것은 대꾸를 하지 않고 가만히 있는 것 밖에 없었던 것 같아.

자신이 공들여 만들어온 블록이 와르르 무너지는 '사고'를 겪은 테일러는 수많은 해답 중 어느 것 하나도 선택하지 않았어. 오직 그 상황에서 아이가 유일하게 한 행동은 친구들의 해답에 싫다거나 좋다는 대꾸 없이 가만히 지켜보는 것이었어. 친구들이 모두 자기의 방법이 좋다고 여러 번 말할 때에도 말이야.

기운없이 가만히 혼자 있던 테일러에게 토끼가 조용히 다가왔어. 이번에도 다른 동물 친구들처럼 어떤 해답을 말하러 왔을까? 테일러는 시큰둥했고 뭐라고 응대할 만한 기분도 아니었어. 혼란스러운 자기 마음을 들여다볼 시간이 테일러는 필요했거든. 하지만 토끼는 너무 의외였어. 다른 동물 친구들은 입으로 뭐라고 말을 했지만 토끼는 가만히 옆에 있어주는 게 끝이였어. 그때 오히려 아무것도 하기 싫던 테일러가 서서히 말을 꺼내는 거야.

"나랑 같이 있어 줄래?"

토끼는 테일러의 이야기를 가만히 들어주었어. 테일러가 소리치는 것도 가만히 들어주었지. 물론 웃는 것도 빠지지 않고 봐 주었어. 그동안의 이야기를 다 들어주던 토끼는 지치지도 않나봐. 그러는 내내 토끼는 테일러의 곁을 떠나지 않았어. 때가 되자 테일러는

"나, 다시 시작해 볼까……?"

토끼는 그 말에 끄덕여주었어. 그러자 테일러는 무언가를 결심한 듯 큰 소리로 말했어.

"다시 해 볼래! 지금 당장!"

〈가만히 들어주었어〉라는 그림책에서 토끼가 한 행동이 테일러에게 가장 좋은 해답이었던 것 같아. 기다리는 것! 누군가 슬퍼하거나 속상해 할 때는 옆에서 그가 그 상황을 받아들일 때까지 기다려줘야 해. 그가 스스로 헤쳐나올 수 있도록 곁에 있어줘야 해. 그래서 그를 돕고 위로해 주고 힘을 주고 싶다면 자기 입장이 아닌 그 사람 입장에서 생각해 봐야될 것 같아.

너와 나의 기준이 서로 다르다는 것을 인정해야 해. 사람들이 처한 상황이 서로 다르다는 것을 헤아리지 못하고 생각과 마음이, 그의 상황이 나와 같을 것이라는 기준을 가지고 대한다면 힘이 되는 좋은 친구는 되기 어려울거야. 사실 문제를 가장 잘 해결하고 싶은 것은 그 누구보다 그일 것이라고 생각해. 그래서 곁에 있는 사람은 그가 스스로 잘 할 수 있을거라는 확신을 가지고 대해 줘야 해. 그러면 실제로도 그 자신이 스스로 문제를 헤쳐 나올 수 있지 않을까?

누군가 곁에서 나를 믿고 기다려준다는 것만큼 위로되고 힘이 되는 일은 없는 것 같아. 사실 기다리는 것은 참 어려운 일이야. 나도 사실 그렇게 잘

하지 못하거든. 나 스스로에게도 성급하고, 빨리 뭐를 이루려고 하고 해결하고 싶어서 나 자신도 못 믿을 때가 많아. 하지만 이 작은 그림책을 보면서 '나도 저런 토끼가 있었으면 좋겠다'는 생각이 들었어. 그리고 또 시간이 좀 지나자 '나도 저런 토끼가 되어주어야 하겠구나' 하는 생각이 들었지. 나를 기준으로 하는 것이 아니라 그를 기준으로 놓고 생각하면 그에게 필요한 것이 무엇인지를 알게 되고 그에게 맞는 해결방법도 같이 찾을 수 있지 않을까?

-〈가만히 들어주었어〉를 읽고

"나랑 같이 있어 줄래?"

하나와 앨리스 살인사건

김혜민

혹시 추리 성장물 좋아해? 영화 원작의 소설을 소개하려고 하는데 실사 영화의 장르는 로맨스이고 2015년에 애니메이션 영화로 개봉하였어. 이 영화는 로코스코핑 애니메이션이라고 불리는데 일단 배우가 한번 연기를 한 걸 카메라로 촬영을 하고 그걸 바탕으로 **3D CG**와 **2D** 로토스코핑 작화를 만들어 애니메이션으로 표현한 것을 말해. 나는 소설로 묘사된 부분의 디테일이 훨씬 좋아서 성장 소설인 〈하나와 앨리스 살인사건〉 소설을 소개하려고 해.

책의 제목은 아와이 슌지의 '하나와 앨리스 살인사건'이야. 줄거리는 이시노모리 중학교 3학년으로 전학 온 아리스가와 데츠코는 '1년전, 3학년 2반에서 유다가 4명의 유다에게 살해당했다'는 기묘한 소문을 듣는 것으로 시작돼. 심지어 지금 자신이 앉는 자리가 유다가 앉았던 자리라는 것 때문에 반 아이들에게 따돌림까지 당한는 상황이야. 게다가 아리스가와가 이사 온 집은 유다의 집인 데다 옆집은 '꽃의 저택'이라고 불리는 어쩐지 소름 끼치는 곳이야. 꽃의 저택에 사는 동급생이자 1년째 등교를 거부하는 아라이 하나라면 유다 사건에 대해 잘 알 거라는 얘기를 들은 아리스가와는 하나와 함께 유다의 행방을 알기 위해 유다의 아버지를 만나기로 해.

사건의 진실을 알기 위해 유다의 아버지를 찾아가 만나려 했던 아리스가와 하나는 결국 아버지를 만나지 못한 데다. 마지막 전철까지 놓쳐 노숙을 하게 되었어. 같이 누워서 잠을 자려던 도중 하나의 다음과 같은 독백으로 사건의 진실을 알게 돼. 하나와 유다는 유치원 때부터 친한 사이였고 서로 생일과 발렌타이 데이, 화이트 데이를 챙겨주는 사이였어. 하나는 계속해서 유다를 좋아했지만 4학년쯤부터 하나만 유다에게 초콜릿을 주는 일방적인 관계가 되었어.

그러던 중 중학교 2학년, 하나는 유다에게 초콜릿과 함께 혼이신고서를 건넸고 "지금 답하지 않아도 좋아"라고 말했어. 중학교 3학년에 하나와 유다는 같은 반이 되었고 이에 하나는 진심으로 기뻐한다. 그러나 유다는 하나가 건넨 혼인신고서를 건넨 것과 똑같은 방법으로 3명의 여자아이에게 고백한 상황이었고 이를 들키게 되자 전학을 가게 되었어. 전학을 가는 그날 하나는 벌을 잡아 유다의 등에 몰래 집어 넣었어. 하지만 유다는 벌침에 쏘이면 생명이 위험해지는 알레르기가 있어 병원으로 실려가게 돼. 이후 하나는 경찰이 집에 찾아와 자신을 살해 혐의로 체포하는 꿈까지 꾸는 등 자신이 사람을 죽였을지도 모른다는 죄책감에 마음고생을 심하게 해.

결국 하나는 학교를 나가지 않았고 이런 상황에서 아리스가와가 전학 오게 된 거였어. 노숙을 한 다음 날 하나와 아리스가와는 집으로 가덤 중 유다를 만나게 되고 전철역까지 도망치듯 뛰어가 버린 하나를 쫓아가. 아리스는 어째서 도망쳤느냐고 물었어. 그러자 하나는 유다가 원망하듯 말한 평생 잊지 못한다는 말이 사랑의 고백이라고 생각한다고 말했어. 다음날 아리스가와가 무언가 개운해진 듯한 하나가 같이 학교로 등교하는 것으로 소설은 끝나.

제목만 보면 섬뜩하다고 느낄 수 있지만 내용은 진짜 학생들이 읽으면 좋은 것들이야. 청춘 영화의 대명사라고 불리는 〈하나와 앨리스〉 속편을 소설로 만날 수 있는 이 책을 읽어보면 청춘은 오해, 그리고 미스테리라는 말에 공감하게 될 것이야. 부담없이 가볍게 읽을 만하고 소설을 읽다보면 머리 속에 저절로 그림이 그려진다는 것이 어떤 것인지를 체험할 수 있을 것이다. 심심한테 뭔가 다른 건 하기 싫고 재미는 있고 싶다, 그렇다면 이 책이 적당할 것 같아. 한 번 읽어봐.

죄책감에 마음고생을 심하게 해.

추천해 주고 싶은 책이 있어

송지우

책 읽어야 할 때 '무슨 책 읽지? 하며 고민한 적 있다면 6학년인 너에게 추천해 주고 싶은 두 권의 책이 있어. 소개와 소감을 말해 볼게.

첫 번째 책의 제목은 '5번 레인'이야. 2020년에 문학동네 어린이문학상 대상을 받은 책인데 간단히 내용을 요약해서 알려줄게. 나루라는 주인공이 수영대회에 출전했지만 1등을 하지 못해. 그때에 학교로 정태양이라는 학생이 전학을 오게 되고 나루는 처음에 지나쳤지만 둘이 한 반이 되고 나서 태양이가 나루에게 말을 걸어오고 하면서 친해지게 되었어.

그러다가 주말에 같이 수영장에 갔다가 태양이가 나루에게 신기한 걸 보여 준다며 물 속에 들어오라고 했어. 그때 태양이는 수영장 바닥에 물구나무 서기를 했어. 나루의 반응이 좋았지. 그리고 둘은 숨참기 대결을 하기로 했는데 태양이가 나루에게 고백을 해버렸어. 나루는 놀랐지만 좋다고 승낙을 했어. 그리고 며칠 있다가 나루는 초희의 수영복을 훔치게 되고 수영을 내내 함께했던 승남이와도 어떤 사건을 통해 사이가 안 좋아지도 해. 이 사건들을 해결해가면서 이야기는 행복하게 마무리 돼.

어때? 괜찮은 이야기이지 않아? 나는 '5번 레인'을 읽고 초희가 나쁘다고 생각하다가 나루가 나빴던 건 아닐까하며 생각이 바뀌기도 했어. 그리고 무엇보다 나는 이 책의 그림체가 참 괜찮았어. 책에 대한 취향이야 제각각이지만 등장인물이 거의 다 6학년이어서 우리 또래가 읽는다면 누구라도 공감할 수 있는 부분이 많다고 생각이 돼. 나처럼 로맨스 이야기를 좋아하는 친구라면 더욱 재미있게 읽을 수 있을거야.

두 번째 책은 '소문'이라는 오기와라 히로시 작가의 장편 소설이야. 이 책은 추리소설이나 살인사건 이야기를 좋아하는 친구들이라면 더욱 좋아할 만한 책이야. 책 두께가 두껍지만 읽을수록 '이 이야기, 금방 끝나면 안되는데' 싶을만큼 재미있어. 그리고 '도대체 범인이 누구야?'하는 궁금증이 계속 들기 때문에 어쩌면 네가 나보다 더 금방 읽을지도 몰라.

간단한 내용은 경찰서에 형사인 고구레가 어떤 살인사건을 맡는 되는데 그 사건의 소문이 이 십 대 사이에서 퍼지고 있다는 것을 알게 돼. 소문의 내용은 '레인맨이랑 마주치면 레인맨이 여학생만 잡아가서 발목을 양쪽 모두 잘라, 하지만 레인맨이 뮈리엘(책 속에서 파는 향수)을 뿌린 애들은 절대 안 건드린다는 소문이었어. 그렇지만 뮈리엘 향수를 뿌린 여학생들이 살해되는 사건이 일어나고 고구레와 다른 여자 형사가 함께 추리하여 사건을 해결 해가는 이야기야. 살인사건이나 추리를 좋아하는 친구들이라면 너무 재미있어 할 책이야. 그리고 책의 마지막에 실려있는 옮긴이의 말도 꼭 읽어주길 바래. 내가 꼭 읽으라고 한 이유는 네가 읽어보면 금방 알 수 있을거야.

지금까지 내가 추천해준 '5번 레인'이랑 '소문'이라는 책은 둘 다 재미있으니까 네 취향에 맞다면 시간 있을 때 읽어봐. 진짜 학교 도서관이나 동네에 있는 도서관이나 책방에는 다양하고 재미있는 책들이 많이 있어. 그냥 책이라고 하면 그저 싫다라거나 그냥 거부하는 일은 없었으면 좋겠어. 네가 읽은 재미있는 책들은 어떤 것일지 궁금해. 내가 좋아할 것으로 예상되는 책을 추천하고 싶다면 리뷰로 남겨주면 고맙겠어. 너의 추천 글을 읽고 나도 읽어보도록 할게. 지금까지 나의 긴 글을 읽어줘서 고마워. 재미있는 책의 세계에서 또 만나자.

그냥 거부하는 일은 없었으면 좋겠어.

위로가 필요해

황수현

"위로가 필요한 순간에 너희는 어떻게 해?"

주변 사람 중에 위로가 필요한 사람이 있을 때에 난 그의 이야기를 들어 주려고 노력해. 그와 눈을 맞추고 중간 중간에 그의 말에 공감한다는 제스쳐나 '그랬구나' 하는 말을 하기도 해. 오늘 '가만히 들어 주었어'라는 그림책을 읽었어. 테일러라는 아이는 뭔가를 멋진 것을 만들기 위해 집중하고 있었거든. 그런데 느닷없이 새들이 날아와 그동안 테일러가 정성껏 만든 것을 무너뜨렸어. 일종의 사고가 생긴거지. 여러 동물들이 찾아와서 제각각 자기가 좋았던 위로의 방법들로 테일러를 위로해 주었어. 하지만 테일러는 전혀 그들이 준 위로를 받고 싶지가 않았어. 그들은 지쳐서 하나 둘 모두 떠나가 버렸어. 그때 토끼는 테일러가 온지를 눈치채지도 못할 정도로 조용히 다가가서 테일러의 이야기를 가만히 들어주었어. 그러자 테일러는 토끼의 위로를 받아들였어. 그래서 스스로 다시 만들어 볼 결심을 하게 되고 용기를 내어서 그것을 다시 만들어 보기로 한다는 이야기야.

난 이 그림책을 보면서 우리 가족이 제일 먼저 생각났어. 나는 일단 일을 저질러 주로 우리집의 사건은 나로부터 시작되는 사건이 정말 많은 것 같

아. 그때에 우리가족은 나를 잘 위로 해주고 내가 힘들거나 슬플 때 가만히 들어주고 공감을 해 줘. 그것이 나를 얼마나 힘나게 하고 자신감을 되찾게 해주는 지 몰라.

내게 있었던 느닷없는 사건 중에 하나를 이야기 해볼게. 어느 날, 저녁에 아팠던 귀가 아침에 더 아파서 걱정이 됐지. 그래서 새벽에 엄마에게 말씀드렸어. 그러자 엄마는 토끼처럼 내 이야기를 모두 다 들어주셨지. 그런면에서 엄마는 우리 가족 중 가장 토끼 같아. 아빠는 내가 시험을 잘 못 봤을 때 위로 해주고 공감해 주셔. 아빠의 이야기도 들려주면서 말이야. 또 아빠는 내가 문자를 보낼 때마다 따뜻하게 답 문자를 보내주셔. 내가 집에 늦게 들어가거나 하면 전화도 해주고 따뜻하게 잘 챙겨주셔. 또 주위에 할아버지, 할머니, 이모, 고모 모두 토끼처럼 따뜻한 분들이 계셔서 마음이 참 든든해.

그런데 친구들이 모두 토끼처럼 하지는 안잖아. 하지만 그들의 마음은 모두 토끼처럼 도움을 주고하는 좋은 마음에서 한 말이나 행동이었을 거야. 하지만 표현의 방식은 모두 달라서 어떤 친구는 다른 친구 것을 무너뜨리자고 하기도 하고 그냥 잊어버리라고 대수롭지 않게 여기기도 한 것 같아. 그들에게는 그런 방식이 도움이 되었을 수도 있고 말이야.

난 이렇게 이 책을 읽은 다음에 내 가족과 친구들 생각이 났어. 위로를 할 때에는 자신에게 좋았던 방법이 모두에게 똑같이 적용될 수는 없다는 것을 아는 것이 중요한 것 같아. 나의 말이나 행동으로 하는 이 위로가 친구에게 독이 될지, 아니면 득이 될지는 사실 알 수 가 없는거니까. 위로는 그 친구의 상황과 심리상태에 맞게 다르게 적용해야 하잖아. 위로를 할 때는 자신만의 방식을 강요하지 말고 우선 '가만히 들어주기', '그랬구나'라고 말해주기. 그리고 그의 말을 경청하여 듣고 마지막에 진심으로 공감해 주는 방법이 있는 것 같아. 위로는 가만히 들어 주는 것이 가장 중요하다는 것을 다시 한 번 깨달았어.

-〈가만히 들어주었어〉를 읽고

'그랬구나'

내가 너와 함께 있을게

김현승

마인크래프트 알지? 해봤어? 나는 지금부터 마인크래프트 공식 어린이 소설 시리즈 중에 하나인 [마인크래프트 던전스] 라는 책을 소개하려고 해. 학교 도서관에 갔더니 이 책이 책장에 꽂혀 있는거야. 그런데 제목이 낯 익고 표지가 너무 멋졌어. 내가 좋아하는 게임이 책으로 나온 것도 신기해서 차례를 훑어본 다음에 재미있을 것 같아 서점에서 가서 구입했어. 물론 아주 흥미진진했지. 줄거리는 아치가 집단에서 쫓겨나고 방황하다 구슬의 힘을 얻어 세상을 지배하게 된다는 것이야. 나의 소개글을 읽고 너도 흥미가 생긴다면 꼭 한 번 끝까지 읽어보길 추천해.

주인공은 일리저 집단의 '아치'라는 키가 작은 우민(주민들을 약탈하거나 일리저 집단에 속해있는 캐릭터를 부르는 말)이야. 아치는 주민들의 자원이나 물건을 약탈하며 살아야 했지만 사실 아치는 약해. 하지만 그들의 영토에서 가까이 돌아다니던 무법자들로부터 집단을 보호하기 위해 결성된 순찰대에 억지로 합류할 수 밖에 없었어. 아치는 전투를 마치고 겨우 혼자 살아남아서 집단으로 돌아왔어. 하지만 친구인 토드에 의해 자신이 집단을 버리고 혼자 도망쳤기 때문에 살아남았다는 누명을 쓰게 되어 결국에는 집단으로부터 쫓겨나. 아치가 가족과 다름없는 집단에서 쫓겨났을 때 정말 막막 했을 것 같아. 쫓겨난 첫날 밤에는 위험한 언데드 몹에게 잡히지 않기 위해 도망쳐야했어. 그러다가 주민들이 사는 마을을 발견하게 돼.

아치는 우민이니까 그 전에 주민들을 약탈했었거든. 그러니 주민들에게 발견하지 않으려고 또 도망을 쳤지만 주민들에게 들키고 말아.

"우민이다!"

아치는 자신이 마을을 약탈 하려고 온 것이 아니라고 말하려고 했지만 이미 주민은 종을 울렸고 잠들어 있던 주민들이 무기를 들고 나왔어. 더 이상 도망칠 곳도 없어지고 목숨도 위태로워졌으니 정말 무섭고 당황스러웠을 거야. 나라면 온 몸에 힘이 빠져 기절했을지도 모르겠어.

그때 주민 '유미'의 의해 아치는 목숨을 건지게 되고 이후 마을에서 함께 살게 돼. 아치가 더 이상 위험하지 않다는 것이 증명되자 몇몇 주민들은 아치를 환영해 주기도 했어. 하지만 반대로 아치를 탐탁치 않게 생각하는 사람도 있었는데 그는 바로 '살라'야. 그는 아치가 아무리 꾸미도 다녀도 결국에는 나쁜 우민이라고 확신했어. 결국 아치는 살라와 영웅이라고 불리는 자들에 의해 마을에서 쫓겨나고 말아.

이후 아치는 숲을 지나고 사막을 지나고 한참을 걸어서 동굴을 발견해서 거기로 피신했어. 동굴 안쪽에는 주먹만한 크기의 구슬이 있었어. 구슬이 말했어.

"이리 와 조금 더 가까이"

아치는 섬뜩 했지만 무엇에 이끌리듯 구슬 앞으로 다가갔어.

"이제 나를 잡아. 내가 너에게 힘을 줄게. 난 너와 이어져 있어."

아치는 구슬을 잡았어. 갑자기 힘이 솟구치는 것을 느꼈어. 이제 무엇이든지 할수 있을것 같은 용기가 생겨났어.

"난 '지배의 구슬'이야. 이제 아무도 너를 무시하지 못해 내가 너 를 지켜줄게. 이제 너는 너를 괴롭힌 사람들에게 복수하고 우리 같이 세상을 지배하는 거야."

나는 아치가 집단에서부터 시작해 마을에서까지 쫓겨나 돌아다니는 것을 보고 불쌍하다고 느꼈어. 그리고 안 좋은 일이 계속 일어나는 데도 결코 절망하지 않는 모습을 보고 나도 아치처럼 포기하지 말고 끈기를 가지고 살아야겠다고 생각했어. 세계 20여개국에 출간된 밀리언셀러이자 아마존, 뉴욕타임스 베스트셀러 책인 이 책이 너의 모험심을 일깨우고 지배욕에 대한 욕망을 충족시켜 줄거라고 생각해. 마인크래프트라는 게임이 주던 재미와 놀라움을 책이 주는 또다른 재미, 눈에 보이는 것보다 책을 읽으며 너의 머릿속에서 상상하게 되는 더 큰 놀라움을 너도 느껴보길 바래.

-[마인크래프트 던전스]를 읽고

기다려줘

손예원

뭔가 새롭고, 특별하고, 놀라운 것을 만들고 싶어하는 아이가 있었어. 그 아이는 블럭성을 만드는데 진심인 테일러야. 자신이 만든 것에 정말 뿌듯함을 느꼈지. 그런데 난데없이 새들이 날아와 블록성을 무너뜨렸어. 테일러는 모든 것이 무너진 느낌을 받았어. 그래서 울고 싶었지만 울지 않고 참았어.

그러자 제일 먼저 닭이 달려와서 누가 그랬냐며 대신 화를 내주었어. 그리고 곰이 와서 소리를 지르라고 일러주었어. 다시 만들자고 말하는 코끼리도 있었지만 테일러는 아무것도 하지 않았어. 그 뒤로도 많은 친구들이 찾아와 여러 가지 이야기를 들려주었지만 테일러는 아무것도 하고 싶지 않았어. 그러자 그들은 떠나버렸고 테일러는 혼자 남게 되었어.

그때 테일러가 체온을 느낄 때까지 조금씩 조금씩 다가오는 토끼가 있었어. 테일러는 너무 조용해서 토끼가 오는지조차 몰랐어. 그러자 이번에는 테일러가 먼저 말을 걸었어.

"나랑 있어줄래?"

토끼는 고개를 끄덕거렸고 테일러의 이야기를 들어주었어.

"나 다시 만들어볼래!"

마침내 테일러가 말했고 토끼는 테일러가 생각하는 뭔가 새롭고, 특별하고, 놀라운 블록성을 마치 눈 앞에 보는 듯이 함께 기뻐해주었어.

상처 받은 친구에게 마음으로 위로가 되고 싶고 또 힘이 되어 주고 싶을 거야. 그럴 때는 성급하게 어떤 대안을 제시하기 보다는 먼저 기다려주는 것이 좋을 것 같아. 그 친구가 말하고 싶을 때까지 기다려주는 것이 난 제일 중요한 것 같아. 아직 말할 준비가 안되어 있을 수 있고 또 말하고 싶지 않을 수도 있기 때문이야.

친구가 먼저 말을 걸면 그때가 바로 말할 준비가 되었다는 사인인 것 같아. 그 다음에 비로소 무엇을 새로 만들든지 아니면 다른 것을 하든지 할 수 있지 않을까? 그래서 상처 받은 친구의 마음을 달래는 가장 좋은 방법은 기다려 주는 것 같아.

계속 기다렸는데도 말을 안 걸면 어떻게 하냐고? 그럴 때는 친구가 다시 시작할 수 있도록 블록을 다시 꺼내어 내가 먼저 쌓기를 시작하는 방법도 있어. 원래 블록을 좋아했던 친구잖아. 그래서 갑자기 자신의 블록성이 무너진 상처가 있지만 그것을 딛고 자신이 원래 좋아했던 것을 다시 시작해 볼 수도 있을테니까 말이야.

스스로 다시 시작할 수 있도록 기다려줘. 그러면 처음보다 훨씬 튼튼하고 새롭고, 특별하면서 놀라운 것을 함께 만들어 갈 수 있어. 뜻하지 않은 사건사고를 당할지라도 나를 믿고 기다려주는 친구가 있다면 씩씩하게 잘 헤쳐나갈 수 있지 않을까?

-〈가만히 들어주었어〉를 읽고

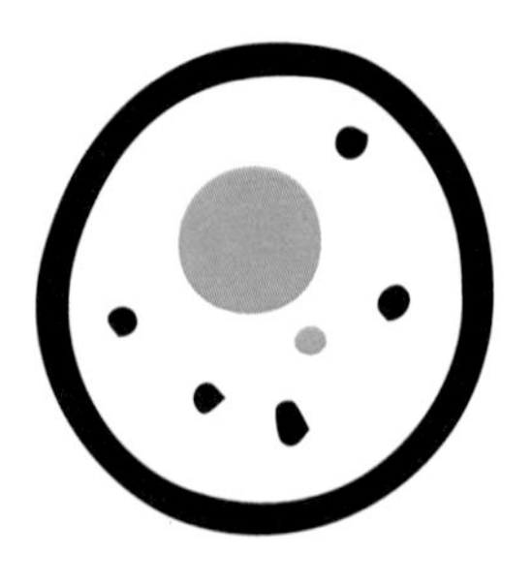

나를 믿고 기다려주는 친구가 있다면

무기력 극복을 위한 처방전

김혜민

'가만히 들어주었어'라는 책을 읽었다. 테일러가 열심히 만든 블록을 난데없이 날아든 새들이 다 망가뜨리고 사과하거나 책임지지도 않고 도망을 가버렸다. 소식을 들은 닭이 제일 먼저 달려와 무슨 일인지 물었지만 테일러는 아무 말도 하지 않았다. 그러자 닭은 떠나버렸다. 이후 소리를 지르는 곰이 다녀갔고 무엇이든 대신 해주려는 코끼리가 도와주려고 왔지만 테일러는 아무것도 하고 싶지 않았다. 또 하이에나, 타조, 캥거루, 뱀이 다녀갔지만 여전히 테일러는 아무것도 하고 싶지 않았다. 무기력증에 빠진 것이다. 테일러는 다 소용없다고 느낀 걸까? 속으로 이렇게 소리치고 있었을지도 모르겠다. '모두 가만히 좀 있어봐, 나도 아직 뭐가 뭔지 모르겠으니까!' 그때 테일러에게 다가온 것은 토끼였다. 테일러는 토끼가 다가오는지 조차 모를 정도로 조심스럽게 다가와 곁에 있어주었다. 다 떠나버리고 조용한 가운데 테일러는 토끼와 둘이 있었다. 그러자 테일러가 말했다.

"내 이야기 좀 들어줘"

토끼는 테일러의 이야기를 가만히 들어주었다. 토끼가 가만히 들어주었더니 테일러는 다시 무엇을 해 볼 용기가 생겼다. 그래서 토끼에게 말했다.

"다시 블록을 쌓아볼까?"

토끼는 끄덕였다. 무작정 괜찮냐, 빨리 털어버려라, 그깟것 잊어버려, 가서 복수를 하자는 이야기보다 아니 그 무엇보다 들어주는 것이 더 좋은 방법이라고 이 책은 알려준다.

나는 어떤 동물에 비유될 수 있을까? 아마 난 닭일 것이다. 친구의 얼굴이 좋지 않으면 궁금해서 어쩌면 호기심으로 물어.

"무슨 일이야? 도대체 무슨 일이 있었던 거야?"

나는 닭처럼 궁금해서 묻는다. 진심으로 걱정이 되어서 들어주기 위해서 묻는 것이 아니다. 호기심에 궁금해서 그냥 묻는 경우가 많다. 그런데 그걸 듣는 사람이 모를까? 아니다. 느껴질 것이다. 그냥 호기심으로 묻는다는 걸 말이다. 그렇기 때문에 정말 걱정이 있거나 속이 상한 사람은 솔직하게 이야기를 다 털어놓지 못하는 것이다.

경청, 말로만 들어왔던 대화하는 기법인데 막상 생활에서는 잘 실천하지 못하는 것 같다. 하지만 나도 누군가 나의 이야기를 경청해 줄 때 스스로 힘을 냈던 경험이 있다. 듣고 그래야 한다고 생각은 했지만 막상 잘 실천하지는 못하는 부분이다. 하지만 나도 누군가 진심으로 나의 이야기를 경청해 줄 때 스스로 힘이 솟아올랐던 경험이 있다. 테일러가 무기력했던 것은 아무도 자신의 이야기를 진심으로 들어주는 이가 없어서가 아닐까? 혼란스럽고 원망스럽고 어떻게 할지를 모르는 그 순간에 누군가 긴 시간을 가지고 나의 이야기에 귀기울여 들어준다면 어땠을까? 스스로 해결 방법을 찾을 수도 있었을 것이다. 경청해 주는 것과 기운을 차릴 수 있도록 곁에 있어주는 것 그것이 무기력 극복의 약인 것 같다.

"내 이야기 좀 들어줘"

오백 년째 열다섯

장서영

[오백 년째 열다섯] 인상적인 제목에 이끌려 읽게 된 책이야. '구미호' 들어봤지? 그 비슷한 느낌인데 책 안에 내용은 새롭고 다양해. 그래서 흥미로운 이 책을 소개해 보려고 해.

오래전 환웅이 몇 명의 신들과 땅에 내려와서 인간이 되고 싶었던 범과 곰에게 쑥과 마늘을 먹으며 100일 간 살 수 있냐고 말했어. 이 내용 들어본 적 있지? 하지만 이 책에서는 환웅이 여우와 범, 곰에게 제안한 것으로 나와. 여우는 그런 것은 싫증난다며 가 버리고 곰과 범이 남게 돼. 하지만 범은 얼마 버티지 못하고 나가 버리고 곰은 끝까지 남아 사람으로 변해 마침내 웅녀가 돼.

웅녀는 미래를 볼 수 있었는데 여우에게 자신이 본 미래를 이야기 해. 웅녀와 환웅이 낳은 아들이 인간의 세상을 만들어 동물들에게 위협을 당한다는 미래 이야기였어. 그래서 웅녀는 여우에게 말했어.

"내 아이를 지켜 줄 수 있어?"

여우는 다른 여우들에게 웅녀의 부탁을 말하고 다른 여우들과 함께 웅녀의 부탁을 수락해. 웅녀는 믿음직한 여우에게 환웅으로부터 구슬을 받으라고 해. 다른 여우들은 그냥 구슬을 받게 되지만 최초의 구슬은 그냥 구슬보다 몇 십배 더 힘이 센거야. 그 구슬은 마법이 있어서 위험으로부터 자신과 남을 지켜주는 힘이 있어. 최초의 구슬을 여우(령)가 받게 되니 나중에 그 여우가 가을(여자 주인공인데 오백 년째 열다섯살로 살면서 신분을 바꿔 계속 학교를 다녀)을 종야호(여우에 의해 사람이 여우가 되는)로 만들어 준 본야호(원래 여우라는 뜻)야.

어느날, 가을은 덫에 걸린 여우 상태인 령을 보게 되고 그 령을 구하게 돼. 가을과 엄마, 할머니는 령을 보살펴 줬어. 나중에 범이 가을네 가족을 공격할 때 그 령이 가을네 가족도 종야호로 만들어서 살려줘. 그러나 야호가 되면 그때부터 나이가 멈춰, 모습도 변하지 않지. 가을이가 야호가 된 건 열 다섯 살 때야. 그래서 가을은 이후 늘 열다섯살로 살게 돼.

언제나 똑같은 삶에 질려 버린 가을이 어느날 신우를 만나. 신우를 만나는 동안에 많은 감정들을 느껴. 가을은 배려를 잘하고 속이 깊어. 그런데 자기 표현은 잘하지 않아. 그리고 무엇이 잘못되면 그것이 다 자기의 잘못인 것 처럼 자책을 해. 내가 봤을 때 가을은 남에게는 잘하지만 정작 자기 자신은 아끼지 못하는 것 같아.

그런 가을과 나는 닮은 면이 있어. 나도 자책을 잘하는 편이고 나를 칭찬하거나 자랑스럽게 여기기 보다는 나의 부족하거나 잘못된 점에 더 집중하고 못하는 부분을 생각하며 나를 탓하거든. 하지만 이 책을 읽는 동안 나는 많은 생각이 들었어. 다른 사람의 판단이나 칭찬 또는 걱정보다 중요한 것은 내가 나 자신을 어떻게 생각하느냐인거 같아. 말하자면 자신감을 갖는 것이 중요하다는 걸 알았어. 또 나 자신을 좀 더 아끼고 스스로 사랑해줘야겠다는 생각을 했어. 그러면 남도 생각하지만 나 자신도 챙기면서 좀 더 당당해 지고 서로를 진심으로 사랑하며 살아갈 수 있을 것 같아.

이후 가을은 어떤 사건을 계기로 자신의 쓸모를 알게 되고 몇 백년동안 이어진 전쟁도 자신의 힘으로 멈추게 돼. 그리고 나서 자신의 쓸모를 알고 자신을 사랑하게 되지. 신우와도 서로에게 힘이 되어주는 좋은 관계를 이어가.

이 책은 자신에게 너무 냉정하거나 자신을 사랑하지 못하는 친구들에게 추천해 주고 싶어. 누구라도 자기 자신을 존중하며 사랑하고 싶다면 이 책을 주저하지 말고 꼭 읽어봐. 모든 사랑은 자신을 먼저 사랑하는 것에서 시작된다는 것을 알게 될거야.

화괴가 이 세상에 있다면

이온유

'읽을만 한 책이 있을까?' 하며 도서관을 둘러보다가 흥미로운 제목이 눈에 띄었다. '너의 이야기를 먹어 줄게' 라는 책이다. 노을 지는 배경에 괴물과 한 남학생이 그려져 있는데 멋진 표지에 마음이 이끌려 읽게 되었다. 띠지와 목차를 자세히 살펴보면 책을 읽는 재미가 더 커진다.

"지우고 싶은 기억들, 내가 다 먹어줄게"

라고 크게 적힌 띠지에는 아픈 십대, 너만을 위한 감성 판타지라는 소개글이 적혀 있었다. 또 목차에는 이룰수 없다면 차라리 잊게 해 줘 등이 있었다. 일곱 장 정도의 그림이 안에 있는데 그림체가 책의 분위기를 잘 표현하고 있었다. 이 책을 고른 안목에 흡족해하며 기대감을 안고 책을 읽기 시작하였다.

전체 스토리는 도서관 구석에서 책을 먹던 괴물 '화괴' 혜성을 발견한 세월이 책을 먹지 않는 조건으로 고민 상담부를 만들며 벌어지는 일이다. 세월은 화괴가 기억을 먹으면 기억을 영원히 잊을 수 있다는 점을 이용해서 고민 상담부를 만들었다. 하지만 기억을 먹어 역효과가 날 수도 있다는 점은 알지 못했다. 바로 기억의 또 다른 주인이 있어 상황이 더 혼란스러워질 수도 있다는 점이다. 이것을 아는 소원이 충고하자 혜성은 기억을 먹는 것에 조심스러워진다. 결국, 기억을 많이 먹지 못하여 인간으로 변신하여 생활할 수 있는 힘이 부족해진 혜성이 떠나게 되는 이야기다.

이 책 속 화괴는 이야기를 먹을 수 있는 괴물이다. 한 마리만 있으며, 이야기를 먹고 그 이야기 속 주인공의 마음을 느낄 수 있다. 책 속의 내용으로 보아, 사람의 형태로 변할 수 있다. 만약 이 세상에 화괴가 실제로 있다면 어떨까? 아마 이 세상이 혼란스러울 것 같다. 기억을 하지 못해, 다른 사람과 대화하기도 어렵고 심하면 서로를 기억하지도 못하니 말이다.

하지만 좋게 생각할 수도 있다. 화괴가 아동학대나 학교 폭력등 잊고 싶지만 잊지 못하는 것들을 잊게 해주는 심리 치료를 하는 것이다. 얼마나 좋을까? 하지만 화괴의 힘을 필요로 하지 않고도 해결할 수 있으면 더 좋을 것이다.

만약 내가 화괴를 보았다면, 나는 화괴에게 동영상을 보여주고 싶다. 화괴가 동영상을 먹을 수 있는지 궁금하기 때문이다. 만약 화괴가 동영상을 먹을 수 있다면, 검은 화면만 나오는 동영상을 찍어 화괴에게 보여줄 것이다. 누구의 피해도 없이 화괴의 체력을 채울 수 있는 좋은 방법이기 때문이다.

이 책을 읽는 내내 내가 주인공이 된 듯 장면이 생생했다. 또한, 손을 책에서 떼어낼 수 없을 정도로 책이 재미있었다. 기억을 먹는 괴물이라는 설정이 신선했고, 그것이 고민 상담부로 연결이 된다는 것이 기발하였다. 여러 가지 고민이 있었고 그것을 해결해 가는 과정이 있었기에 실제로 많은 사람이 이 책을 읽으며 위안을 받을 수 있을 것이다.

또한, 기억은 혼자서 만들어 가는 것이 아니라는 깨달음도 주었기 때문에 더욱 좋은 책인 것 같다. 그리고 그림이 예뻐서 그런지 장면이 더욱 생생하고, 307쪽이나 되는 긴 이야기지만 너무나 재밌어 시간 가는 줄 모르고 읽었다. 이렇게 흥미로운 책을 읽게 되어 너무 좋았다. 다음에도 이 책처럼 신선한 설정의 이야기를 읽고 싶다.

-'너의 이야기를 먹어 줄게'를 읽고

제5부
특별한 일상

안녕, 사춘기

안성아

"사춘기가 뭐라고 생각해? 혹시 사춘기가 두렵거나 거부감이 생기지는 않아?"

사춘기가 두렵거나 거부감이 생기는 친구가 있다면 나랑 같이 사춘기 이야기 좀 해보자. 너와 내가 겪고 있는 이 사춘기를 제대로 알고나면 친하게 지낼 수도 있지 않을까 싶어.

사춘기가 되면 달라지는게 뭐 같아? 나는 그냥 무한정으로 짜증이 나는 거라고 생각해. 도파민이 어쩌고 저쩌고 감정기복이 심해진다는 등 말들이 많은데 확실한 건 짜증이 는다는거야. 사실 요즘 나는 여동생에게 엄청나게 짜증을 내. 학교에서 무슨 안 좋은 일이 하나라도 있었다 하면 집에 와서도 계속 생각이 나서 짜증이 가시지를 않아. 그때 하필 동생이 내 눈앞에 띄면 그야말로 난 뾰족한 송곳니를 숨기지 않는 한 마리의 굶주린 사자 그 자체가 되어버려. 동생이 한 마디 말이라도 걸어오면 무슨 일인가 하고 관심을 주기는커녕 냅다 큰소리부터 지르거든.

"언니?"

"아, 왜!"

사춘기가 시작된 후 달라진 또 다른 점은 덕질이 시작되었다는 거야. 평소와 다르게 어느 한 곳에 관심이 쏠리게 되었는데 그게 덕질이야. 덕질은 아이돌을 좋아해서 앨범을 사거나 포토카드를 모은다든가 하는 거야. 관심이 옮겨가면서 차츰 동생과는 놀지 않게 되었어. 근데 오히려 동생은 자기한테 내가 관심을 주지 않으니까 나한테 더 집착하고 떼를 쓰는 것 같아. 이건 가정마다 다 다르겠지만 여동생만 있는 우리집과는 어떻게 다를지 궁금해. 주변 친구들은 언니나 오빠가 한창 사춘기라서 오히려 자기가 눈치 보는 중이락도 하고 별다른 것 없이 잘 지낸다는 친구도 있어. 또 외동인 친구는 사춘기 이후에 엄마가 싫어졌다고도 하고 누나가 사춘기라는걸 알고 더 괴롭히는 간 큰 남동생도 있다네. 어떻게 보면 내 동생은 나 안 괴롭히고 혼자서도 잘 노니까 그건 다행인 것도 같아.

그리고 난 사춘기 이후 왜 그렇게 학원 숙제가 많은 것처럼 느껴지나 몰라. 사실 2~3학년 때는 이보다 훨씬 더 숙제가 많고 지금 내가 하는 학원 숙제의 몇 배가 되었어도 잘만 했거든. 그런데 지금은 그때에 비하면 적은 숙제인데도 너무 많게 느껴져. '힘들다. 빡세다. 하기 싫다' 이런 느낌이 많이 들어. 숙제하느라 내 연필을 닳게 하고 싶지 않고 책상 앞에 앉기가 무서워. 그렇지만 해야한다는 압박감은 또 많이 느껴서 숙제 하나를 끝내고 tv를 보며 잠깐 쉴 때조차도 제대로 쉬지도 못해. 다음 날 숙제를 또 걱정하거든. 지금 이 글을 쓰는 중에도 내일 숙제가 걱정이니까 뭐 말 다 했다.

또 변한 것 중 하나는 집에 혼자 있는게 좋다는 거야. 겁이 많아서 예전에는 집에 혼자 있지 못 했거든. 그런데 지금은 다들 어디를 좀 가고 나 혼자만 집에 있었음 좋겠다는 생각을 많이 해. 가족보다는 친구가 더 믿을만한 것 같고 친구가 훨씬 더 좋기도 하고. 부모님은 어떻게 생각하실지 모르겠지만 그냥 그런 마음이 저절로 들어.

그렇다고 사춘기가 마냥 안 좋기만 한 건 아니야. 우리 엄마는 사춘기는 내가 어른이 되기 위한 과정이라고 하셨고 그것도 경험이라고 하시거든. 그래서 나는 사춘기가 걱정되진 않아. 이 글을 읽는 너도 사춘기를 친근하게 생각했으면 좋겠어. 어찌됐건 내가 겪고 있는 일이고 내 몸의 일부분이 변화 중인 거잖아. 나의 일부분이니 나와 한 몸인거 맞지? 너도 나도 차츰차츰 사춘기에 적응 중이니까 더 잘 적응해 보자. 사춘기는 특별난 것이 아니고 우리 부모님도 다 거쳐가신 과정이고 아는 언니도 거쳐간 인생에 있어 중요한 시기라잖아. 별나게 취급하지 말고 차라리 친하게 지내면 어떨까?

"반갑다, 드디어 왔구나. 친하게 지내자"

"안녕, 나의 사춘기!"

가을 배추 심기

옥주현

추석을 맞이하여 울진에 있는 외할머니 댁에 갔다. 식사를 마치고 우리는 외할머니 밭에 나가 배추를 심기로 하였다. 우선 울진시장에서 가서 모종을 샀다. 이 작은 모종이 커서 겨울에 담글 김장에 쓰인다고 하셨다. 지금 보기에는 너무 작고 여려서 과연 김장에 쓰일만큼 큰 배추가 될 수 있을까 싶었다. 추석 다음날에 밭에 나가서 일을 하는 것이 그렇게 좋지는 않았지만 엄마는 이렇게 맑은 날씨는 일하기에 좋다고 하셨다. 배추를 심는 날은 흙이 촉촉한 것 보다 조금 마른 흙이 좋다고 하셨다. 그래야 모종을 심은 후에 물을 주면 뿌리가 물을 잘 빨아 먹어서 뿌리가 잘 내린다고. 농사를 짓는 것과 날씨는 깊은 관련이 있었다.

외할머니의 밭은 이미 곱게 갈려있었다. 흙이 포슬포슬하게 만들어져 있어서 마치 소보로 빵 같은 모습이었다. 모종을 다 심어놓고 보니 이 흙이 모종을 덮어주는 이불처럼 보였다. 모종의 뿌리는 아주 짧고 가늘어서 뿌리가 끊어질까봐 심을 때에도 조심조심 했는데 외할머니는 이 여린 모종을 위해서 미리 흙을 다 뒤집고 쟁기나 쇠스랑으로 부드럽게 만들어둔 것이다.

우리는 배추 모종을 심고 물을 뿌리고를 반복했다. 나도 묵묵히 일을 거들었다. 어른들은 그런 나를 흐뭇하게 바라보셨다. 그런데 나는 일을 하다보니 그렇게 힘든 줄 몰랐다. 모종이 줄어들수록 밭은 배추로 채워졌다. 모종을 심을 때에 30센티미터 정도 거리를 두고 심으라고 하셨다. 그래야 나중에 모종이 크게 자라날 공간이 생겨서 햇빛도 잘 받고 물빠짐도 좋아서 잘 자란다고. 무엇을 할 때에 이 다음에 일어날 일을 미리 예측해서 준비해야 하는 것은 모든 일에 마찬가지인가보다. 당장에 무엇이 그렇게 보이지 않더라고 미리 미리 나중에 일어날 일을 생각해서 일을 해야 하는 것 같다. 지혜롭기는 농부나 도시인이나 마찬가지다.

밭일을 모두 마치자 어느덧 집에 갈 시간이 되었다. 돌아오는 내내 차에서 잠을 잤다. 집에 오자마자 샤워를 마치고 난 그대로 침대에 가서 누웠다. 몸은 힘이 들었지만 뭔가 뿌듯한 마음이 들었다. 그저 놀고 맛있는 것을 먹고 티비만 보다가 오는 것보다 보람있는 추석이었다. 우리가 쉽게 먹는 김치이지만 그 안에는 농부의 수고가 크고 많다는 것을 알았고 밭에 모종을 심는 작은 일에도 생각할 점이 많다는 것을 알았다. 일을 해서 비록 힘은 들었지만 그동안 농사 지은 것을 아낌없이 주셨던 외할머니에게 감사한 마음이 드는 추석이었다.

취미가 뭐야

변지윤

"넌 취미가 뭐야?"

취미는 전문적인게 아니고 그냥 좋아서 하는거야. 나의 취미는 만들기와 스키 타기, 사진찍기 등이 있는데 만들기나 스키 타기, 사진 찍기 이런 것도 내가 좋아서 시간 날 때 하는 것이니까 취미라고 할 수 있겠지? 우리 이제 취미에 관한 이야기를 나눠보자.

"취미가 있으면 뭐가 좋을까?"

난 취미생활을 하는 동안에 평소에 쌓인 스트레스가 날아가는 것 같아. 그리고 여러 취미생활을 하다보면 알게 되는 것들도 많아지더라. 또 무엇보다 좋은 습관을 갖게 되는 것 같아. 좋은 습관이란 시간을 충실하게 보낸다는 건데 그러다보면 무엇보다 자신의 꿈에 대해 한 걸음 더 다가갈수 있게 돼. 예를 들면 그림그리기로 인해 끝까지 작품을 완성해 내는 인내심이 길러진다거나 자세히 관찰하는 관찰력이 생기는 점, 색감에 대한 감각이 길러지는 것 말이야. 취미생활을 하다보면 내가 뜻하지 않았지만 취미에 딸려서 오는 좋은 점들이 생각보다 많은 것 같아.

"혹시 취미가 없어? 그렇다면 나랑 같이 네가 가지면 좋을 취미가 뭐가 있을지 찾으러 가볼까?"

첫 번째로 네가 뭐를 좋아하는지 알아야 해. 여러 가지 종류가 있는데 나가서 공 놀이를 한다거나, 아님 도안을 뽑아 만들기를 할 수도 있고, 피아노를 칠 수도 있지. 그러니 지금부터 하나씩 해 보면서 네가 좋아하는 것이 뭔지를 찾아봐.

두 번째는 첫 번째 방법을 해볼 시간이 없을 때 해 볼 수 있는 방법이야. 바로 학교 과목으로 경험을 해 보는거지. 학교에서 여러 가지 경험을 하잖아? 체육시간에 피구, 야구, 축구, 배구 등이 있고 미술 시간에 그림그리기, 만들기, 조립하기 등을 해볼 수 있어. 그리고 음악시간에는 악기다루기, 노래부르기 등을 말이야. 그리고 창의적체험활동 시간에 진로 수업을 할 때에도 적극적으로 너의 취미를 찾아봐.

세 번째는 따라하기야. 취미를 따라해도 되냐고? 당연하지. 찾기 힘들 때 친구들한테 너의 취미를 추천해달라고 말해봐. 친구들은 너에 대해서 어느 정도 알테니까 너에게 적당한 것을 추천해 줄거야. 친구의 말에 따라서 해보면서 취미를 찾는 것도 방법이 될 수 있어. 아니면 요즘에 다른 사람들이 취미로 무엇을 하는지 구글이나 네이버, SNS에서 찾아보고 해볼 만한 것을 따라해 보는 방법도 있어.

"이제 너의 취미를 찾았니?"

취미는 '그냥 한번 해보고 안되면 안하지 뭐' 라는 가벼운 마음이 중요해. 만약 취미를 만들게 됐다면 못해도 되니까 재미있게, 즐겁게 하면 돼. 너에게 맞는, 너의 취미를 찾아서 즐거운 시간을 만들어 가길 바래.

"이제 너의 취미를 찾았니?"

이왕이면

엄주연

'나 어떡하냐? 시간아, 멈춰버려라!'

이러고 싶을 때 있잖아. 어색하고 부끄럽고, 뭐를 어떻게 해야 할지 아무 것도 떠오르지 않을 때. 감정이 복잡해서 제발 시간이 멈춰버리기를 바라지만 시간이 멈출리는 없고 달라지는 것도 없을 때 어떻게 하면 좋을까 말이야.

『피할 수 없으면 즐겨라』라는 말이 있잖아. 이 막막한 순간도 언젠가는 끝이 나잖아. 이 순간을 빨리 벗어나고 싶다면 그냥 즐기는 편이 낫다는 말을 하고 싶어. 어색하다는 건 아직 익숙하지 않다는 것이고 시간이 좀 지나면 어색함이 옅어진다는 말이야. 그러니까 조급하게 생각하지 말고 좋게 생각하는 편이 훨씬 낫지. 지금 내가 맞딱드린 시간도 언젠가 나에게 도움이 될지도 모르니까 부정적인 생각으로 쓸데없이 에너지를 낭비할 필요는 없다고 생각해.

무엇이든지 겪어보기 전에는 편견이나 선입견을 갖지 말고 그 순간들을 즐겨보겠다는 생각을 해보자. 부정적으로 생각하면 이상하게 안 좋은 일이 더 많이 생기는 것 같아. 그리니까 이왕이면 '잘됐다, 이 순간을 즐겨보자'는 마음으로 시간을 맞이해 보자. 지금도 우리의 시간들은 지나가고 있어. 마음 가짐에 따라 그 시간의 의미나 재미가 달라지니까 우리 시간에 대해서는 좋게 좋게 생각하자고.

시간아, 멈춰버려라!

행복한 일상을 위한 여섯 가지 지침

장진곤

어른이 된 너의 모습을 상상해 보았니? 직업을 가지고 자녀를 낳고 가정을 이루며 살아갈 내 미래 모습이 선명하게 떠오르지는 않아. 하지만 궁금하기는 해. 내가 닮고 싶은 참 어른의 모습을 한 주인공이 있어서 소개 해 보려고 해. 이름은 밥이고 직업은 청소부야. '행복한 청소부 밥' 이야기인가 생각할 수 있는데 그건 우연의 일치야. 그럼 내가 소개하는 또다른 청소부 밥을 만나보자.

요즘 힘들지 않아? 바쁘고 지치는 일은 없고? 어른들은 힘들고 바쁘다고들 하던데 사실 우리들도 그럴 때는 있잖아. 힘들고 바쁜 일상 속에서 실천하면 좋을만한 생활지침 여섯 가지가 이 책 속에 들어있거든. 그 지침은 대단한 비법은 아니야. 오히려 평범하고 실천하기 쉬워서 이것이 무슨 비법인가 싶을 수도 있어. 하지만 이대로 생활에서 실천하기만 한다면 놀랍도록 평온하고 행복한 일상을 살게 해 줄거라고 생각돼. 지금부터 밥이 들려주는 인생 지침을 알려줄게.

밥은 청소부야. 동료들이 퇴근하면 노래를 부르며 회사를 청소해. 그와 현명한 아내 앨리스는 세 명의 자녀를 낳고 가정을 이루었어 하지만 아내는 2년전 세상을 떠났어. 밥은 항상 주머니에 오렌지색 수첩을 가지고 다니면 메모하기를 좋아하는 아저씨야. 힘들게 일하고 늘 바쁜 사장 로저씨와 밥이 대화를 나누면서 하나씩 들려주는 슬기로운 지침들을 들어봐.

첫 번째 지침은 '지쳤을 때 재충전하라'야. 자기 몸이 부서지는 줄 모르고 계속 일만 한다고 결코 능률이 높아지지 않아. 지쳤는데도 일만 하다 보면 건강도 잃을 수 있고 사람들과의 사이도 나빠지기 쉽지. 내가 너무 피곤하기 때문에 아무래도 실수하게 되고 말도 좋게 할 수가 없잖아. 그럴때는 잠을 푹 자거나 내가 하고 싶은 다른 일을 하면서 나를 충전해. 그래야 일의 효율도 올라가고 오히려 일은 더 빨리 마치게 돼. 휴대폰도 쓰다보면 배터리가 없어서 곧 꺼진다는 사인이 오잖아 15%가 남았으니 충전하라고 말이야. 그럴땐 얼른 충전기를 찾아 꽂아야겠지. 잠시 휴대폰은 쉬게 하면서 말이야. 그래서 완충이 빨리 되는 거 다들 알지? 지쳤을 때는 재충전하라.

두 번째 지침은 '가족은 짐이 아니라 축복이다'야. 가족이 가장 소중하잖아. 가족 때문에 힘들어도 일하는 거고 부모님을 기쁘게 해드리고 싶어서 공부도 열심히 하고 걱정끼치지 않으려고 우리도 노력하잖아. 하지만 어떤 어른들은 가족을 사랑한다고 하면서도 가족은 짐이라고 생각하는 경우가 많대. 정말 가족 때문이라면 가족이 원하는 것을 해줘야 하지 않을까? 생활의 기준을 돈보다는 가족과 함께 하는 것에 둔다면 돈은 조금 적게 벌 수 있겠지만 훨씬 행복한 삶을 살아갈 수 있을 것 같아. 로저씨의 아내 달린이 목요일에 있는 아이의 경기를 보기 위해 경기장에 올수 있느냐고 물었을 때 로저씨는 약속을 지키겠다고 했어. 하지만 생각지 못한 골치 아픈 일이 생겼어. 하지만 로저씨는 밥아저씨의 지침에 따라 가족을 선택하여 경기장으로 갔어. 이렇게 로저씨는 삶의 기준을 하나 둘 바꾸어 간거야.

이제 세 번째 지침을 들어보자. '투덜대지 말고 기도하라'야. 믿는 신이 있다면 기도하면 좋겠지만 다르게 해석한다면 문제가 생기면 투덜대지 말고 다른 해결 방법을 찾아라로 해석할 수 있을 것 같아. 문제를 먼저 해결한 뒤에 원인을 찾고 그에 따른 책임을 묻는 식으로 순서를 바꾸는 것이 훨씬 삶을 지혜롭게 사는 방법이라고 말해주었어.

어때, 지금까지의 지침으로 생각이 바뀌지 않았어? 나는 시간과 일의 해결 순서를 바꿨을 뿐인데 훨씬 일이 쉬워지고 있다는 느낌이 들었어. 이제 네 번째 지침이야. '배운 것을 전달하라'야. 내가 배운 내용이나 알고 있는 지식을 머릿 속에만 두지 말고 다른 사람에게 전달할 때 더욱 내 지식이 탄탄해지고 뚜렷해진다는거야. 이건 마치 우리가 교실에서 '친구 가르치기'를 하는거와 마찬가지야. 다른 사람에게도 도움이 되고 자기 계발도 할 수 있으니까 나눔으로써 나도 발전할 수 있는 좋은 팁이지.

다섯 번째 지침은 '소비하지 말고 투자하라'야. 투자? 이건 어른들만 하는 것 아니야? 라고 생각할 수 있겠지만 이것은 꼭 돈만을 이야기 하는 것이 아니야. 책에서는 우리가 일생 동안 하는 행동이 두 가지로 나눌 수 있는데 첫째는 투자가 될 수 있는 행동, 둘째는 단순히 소비만 행동이야. 투자가 될 수 있는 행동이란 나뿐만 아니라 남에게도 도움이 되는 행동을 말하는 건데 다른 사람을 위해 배려하고 헌신하는 것, 인사를 나누거나 작은 도움을 주거나 양보하는 이런 행동들이 모두 이에 해당되는거야. 투자가 되는 행동을 많이 할수록 나중에 무엇이 되어 다시 돌아올 수도 있는 선행이야. 소비만 하는 행동이란 그저 나 자신만을 위한 행동이야. 소비만 하지 말고 투자하라.

마지막 여섯 번째 지침은 '삶의 지혜를 후대에게 물려주어라'야. 요즘 엄마 아빠랑 이야기 잘 통해? 할아버지 할머니랑은 어때? 지금은 어른들에게 무엇을 배우지 않아도 얼마든지 다른 곳에서 정보를 얻을 수 있고 배울 수 있잖아. 그렇기 때문에 막상 만나도 무슨 말을 해야 할지 잘 알지 못하고 어색할 수 있어. 그렇기 때문에 우리도 스스로 대화를 이어나가기 위해 노력할 필요가 있을 것 같아. 사실 어른들은 우리와 어떻게 대화를 이어가야할지 잘 모르거든. 그래서 우리가 요즘 어떻게 지내는지, 어디에 관심이 있는지 들려드리는 것도 좋은 방법 같아. 그리고 어른들이 알고 있는 것을 우리에게 잘 전해 줄 수 있도록 귀담아 듣고 존중하는 태도를 우리가 보인다면 더 잘 소통할 수 있겠지. 난 사실 내가 무엇을 우리 다음의 세대에게 물려줄 수 있을지 잘 모르겠어. 어떻게 보면 훌륭한 인성이나 마음 씀씀이 같은 것이 더 소중하다는 생각이 들어.

난 이 책을 읽고 우리 아버지도 참 힘드시겠다는 생각이 들었어. 가족들을 위해 쉬지 않고 일을 하지만 정작 가족들이랑은 소통이 잘 안되고 힘듦도 잘 몰라줘서 섭섭하실 수도 있겠다는 생각이 들어서 아버지를 조금 더 이해하고 잘 해드려야겠다고 느꼈어. 또 참 어른이 된다는 것이 쉽지 않다는 생각이 들었어. 그렇기 때문에 어릴 적에 내가 이 책을 만난 것이 행운이라고 생각하고 나의 삶에서도 저 지침들을 잘 적용하며 살아야겠다고 생각해. 지금 어른인 우리 부모님을 존경하고 앞으로 더 잘 따라야겠어. 그리고 나도 멋진 어른이 되고 싶어.

태권도 겨루기를 잘하는 비법

김동규

안녕? 지금 태권도를 열심히 수련 중인 친구가 있겠고 태권도를 시작 해 볼까 생각 중인 친구들도 있겠지? 태권도에 관심이 있고 겨루기를 잘하고 싶은 친구에게 내 글이 도움이 될거야. 또 태권도를 잘 알지 못하는 친구들도 운동의 기본적인 자세들이 적혀 있으니까 읽어본다면 도움되는 부분이 있을거야.

태권도를 들여다보면 크게 세 가지로 나눌 수 있는데 바로 품새, 시범, 겨루기야. 그 중 나는 겨루기를 잘 하는 비법을 알려주려고 해. 비법 공개에 앞서 잠시 내 소개부터 할게. 실력있는 사람이 가르쳐줘야 믿음이 생길테니까 말이야. 난 태권도를 지금까지 7년정도했어. 초등학생이 되기 전부터 시작했는데 승품단 심사자 2000명 중에서 4등 안에 든 적도 있어. 그래서 나의 장래희망은 태권도를 널리 알리는 태권도 시범단이 되는거야. 이제 나에 대한 믿음이 조금 생겼어? 그럼 이제 본론으로 들어가자.

겨루기에 있어서 가장 중요한 것은 쫄지 않는 마음이야. 너무 긴장을 해서 몸과 마음을 움츠리게 되면 상대에게 그게 다 읽혀서 결국 상대 선수 기만 더 살려주는 꼴이 돼.

"나는 잘할 수 있다, 나는 해낸다"

라고 속으로 마음 먹고 당당하게 겨루기에 임해야 해. 이 마음이 겨루기에 임할 때 가장 기본이고 이게 반이야.

기본이 되었다면 이제 스텝에 신경을 써야 해. 스텝은 낮게, 낮게 뛰어야 해. 호구와 장비가 꽤 무거워서 체력 소모가 심한데 스텝이 높으면 경기 후반에 가면 지쳐. 그래서 제대로 하기가 힘들어 져. 그때 잘하는 상대를 만나면 네가 공중에 떠 있을 때 너를 때려버릴거야. 그래서 스텝은 낮게 뛰어야 해. 알겠지?

또 발차기는 여러 가지로 차야 해. 왜냐하면 상대가 너의 발차기에 대한 대처법을 알게 되거든. 나의 발차기를 상대가 먼저 예측해서 대처하면 지는 거야. 내가 뭐를 찰지 모르도록 다양하게 발차기를 하면 그만큼 유리해 져. 이때 주의할 점은 발목을 일자로 펴는 거야. 발목을 굽히면 점수도 안 들어오지만 무엇보다 부상 위험이 커져. 그러니까 조심해야 해.

지금부터는 경기 운영 노하우를 알려줄게. 3세트를 하는데 각 세트마다 노릴 것들이 달라. 잘 들어. 1세트에서는 어떻게든 상대가 잘하는 발차기를 찾아내야 해. 2세트에서 아까 파악해 둔 발차기에 대처하면서 공격적으로 들어가서 점수를 획득해야 해. 3세트는 별거 없어. 그냥 체력싸움이야. 굳센 체력으로 버티는거야. 1세트에서 무리하게 공격을 하면 2, 3세트에서는 체력이 딸려서 거의 차지를 못하거든. 발차기는 적절한 타이밍에 해도 되지만 신중하게 생각해서 차야 해. 아무 생각없이 발차기에 들어갔다가 오히려 맞고 나올 수 있다는 것 명심해.

이제 마지막, 최고로 중요한 기술인 카바에 대해 알려줄게. 카바는 상대의 발차기를 팔로 쳐내는 기술인데 굳이 스텝으로 피할 필요가 없고 체력 소모도 거의 없어. 이걸 잘 활용해야 해. 그렇다고 손으로 다리를 잡지 마. 그건 반칙이야. 반칙을 열 번 하면 그냥 바로 패배야. 한 번 쓸 때 마다 일 점씩 뺏겨. 나도 대회에서 감점으로 진 뼈아픈 경험이 있으니까 반칙 조심하기.

그 밖에도 나만 아는 몇 가지 노하우가 있지만 여기서 끝낼게. 왜냐하면 아직까지는 나만 그걸 알고 싶어서야. 네가 실력이 향상되어 나랑 붙는다면 그때 네가 발견할 수 있을지도 모르겠다. 뭐 예를 들면 한 발만 들고 견재하면서 득점할 수 있는...... 어, 말해버렸네!

너도 태권도 한 번 배워볼래? 내가 알려준 네 가지만 잘 기억해 둔다면 네가 다닐 도장에서 1등 먹기는 그야말로 식은 죽 먹기야. 태권도에 관심 가져줘서 고맙고 여기까지 읽어준 너에게 오늘 하루 행운이 따르길 바랄게. 안녕.

동생 때문에 짜증나니

김승현

혹시 너 동생 때문에 짜증나니? 당연히 그렇겠지. 왜냐고? 어떻게 알았냐고? 어떻게 알았냐면 간단해. 네가 지금 이 페이지를 펴서 읽고 있기 때문이야. 동생과 사이가 좋다면 이 쪽수를 굳이 읽고 있진 않을거라는 생각이야. 첫인사는 이쯤하고 이제부터 동생 까불 때 어떻게 해야 할지 제대로 알려줄게.

first, 이 방법은 부모님이 없을 때 사용하는 거야.
분명하게 주의줬다. 진심 모드로 우는 척하기야. 그러면 동생이 우물쭈물 할거야. 그럼 동생은 빠르면 10분, 늦으면 1시간 뒤까지는 안 까불어. 단, 울 때에 마치 동생을 증오한다는 눈빛으로 노려봐야 해. 이게 중요한 포인트야. 이건 써 먹을수록 효과가 반감하기 때문에 아껴서, 중요한 순간에 한 두어번만 써야 해.

second, 이건 실행을 마치기까지 절대 동생에게 들키면 안 돼.
대부분의 사람들이 모르고 있기 때문에 보안유지, 꼭 지켜야 해. 동생의 핸드폰을 전화건다는 핑계로 잠시 빌려서 동생의 비밀을 찾아보는거야. 순서는 이래. 카톡이나 메시지 같은 곳에 들어가. 동생 핸드폰에 내 이름을 친구 이름으로 바꿔서 저장해둬. 그런 다음 동생이 이 사실을 모르게 한 다음에 (주의-남동생이면 여자 친구 이름으로, 여동생이면 남자 친구 이름으로 나의 카톡 또는 메시지 이름을 바꿈) 동생 카톡 또는 메시지에 들어가서 동생에게 이 친구에게 사랑한다고 메시지 전송 할 거라고 말하면서, 그에게(사실은 나지) 전송한 뒤 이걸 삭제 해줄테니 내가 시키는 대로 하라고 말하는거야-아, 이렇게 쓰고보니 내가 엄청나게 나쁜 사람같다! 하지만 이것은 치명적인 단점이 있어. 뭐냐하면 동생이 울면서 엄마한테 일러버리면 게임 오버야.

이쯤에서 동생에게 짜증났을 때 내가 써먹은 오버 대처법도 오버하겠다.

진심 모드로 우는 척하기야.

낙엽 밟기

박선오

 엄마와 아침 운동으로 앞산에 갔다. 공룡모형을 구경하며 놀고 있는데 엄마께서 낙엽을 밟으셨다. 낙엽이 부서지는 낯선 소리에 나도 가까이 가서 엄마를 따라 낙엽을 밟아 보았다.

 "부스럭부스럭, 보시락보시락, 지지직 찌지직"

낙엽마다 밟히는 소리가 다르게 들렸다. 나는 신기하고 낯선 소리에 이끌려 산을 오르는 동안 일부러 낙엽을 가려서 딛으며 올라갔다.

 마른 땅의 낙엽은 경쾌하게 바사삭 소리를 내며 부서졌고 그늘지고 쌓인지 오래된 낙엽은 푸시식 얌전하게 부서졌다. 나중에는 '저 낙엽은 이런 소리를 내겠지?' 하며 소리를 예상하고 밟아보기도 했다. 내 예상에 맞는 것도 있었지만 그렇지 않는 것도 있었다. 낙엽의 생김새 뿐만 아니라 그 낙엽의 밑에 무엇이 깔려있느냐에 따라서도 소리가 다르게 들렸다.

나무 위에서 초록색으로 빛을 내며 싱싱하게 살던 잎사귀들이 가을이 되어 단풍이 들고 겨울을 대비하는 나무를 떠나 아래로 떨어져 내렸다. 땅바닥 위에서 나무들의 이불이 되어주기고 하고 먼 곳으로 바람을 따라 여행을 가려는 듯이 얌전히 바람을 기다리고 있는 낙엽도 있었다. 상수리 나무의 잎사귀들은 도토리를 가려주기도 하고 바닥에 깔려서 살포시 도토리를 받아주기도 했다. 낙엽 밟기를 하는 동안 그동안 한 번도 눈 여겨 본 적 없던 낙엽들을 자세히 볼 수 있었다. 집중하여 걷다보니 어느새 꽤 높은 곳까지 올라 가 있었다.

나는 어떤 소리를 내는 사람일까? 듣고 있으면 기분 좋은 소리를 내는 사람일까? 아니면 듣기 싫고 축축하고 무거운 느낌을 주는 사람일까? 문득 궁금한 생각이 들었다. 곁에 있으면 편안하고 좋은 사람도 있지만 불편해서 어서 빨리 그 곁에서 떨어지고 싶은 사람이 있다. 낙엽을 밟아보면 그 낙엽의 냄새가 올라오기도 한다. 그래서 낙엽은 졌다고 해도 소리가 남고 향기가 남는다는 것을 알 수 있다. 뿐만 아니라 썩어지면 숲 속에 거름이 되기도 한다.

잎사귀가 작고 어릴 때에도 생명이 가득하여 예쁘지만 낙엽이 되어도 잎사귀는 나름대로의 자기 몫을 다하고 있다는 생각이 들었다. 낙엽을 밟으며 '나도 쓸모있는 사람이 되어야겠다' '좋은 소리를 내는 사람, 곁에 있으면 기분 좋은 사람이 되어야겠다'는 생각을 했다.

"힘들지 않아?"

"괜찮아요, 낙엽소리가 재미있어요."

다른 약속이 있어 정상까지 올라가지는 못했지만 엄마와 낙엽 밟기를 한 이번 가을은 오랫동안 내 기억 창고에 남아 있을 것 같다.

낙엽이 되어도 잎사귀는 나름대로의 자기 몫을 다하고 있다

시간이 흐르면

신화영

내가 태어나고 12년의 시간이 흘렀어. 시간이 흐르는 동안 나는 태어날 때보다 말을 잘하게 되었고 달리기도 잘하게 되었어. 물론 자전거쯤이야 혼자서도 잘 타지. 또 아무도 들리지 않게 속으로 흥얼흥얼 노래하는 것도 할 수 있어. 손으로 책에 밑줄을 긋지 않고도 눈만으로 책을 읽을 수 있고 친구가 뭐라고 길게 말하지 않아도 무슨 말을 하려는지 그 의도를 알아차릴 수가 있지. 키도 자라고 있고 아는 것도 점점 많아져. 시간이 흐르면서 우리는 이렇게 성장해 가.

다른 한편으로 난 잃어버리는 것도 있어. 예전에 나는 동네 마트에 가면 사고 싶은 것이 참 많았어. 새로 들어온 것이 신기해서 계산대 앞에 쪼그려 앉아 무엇을 살까 한참을 고민하면서 즐거웠어. 그런데 지금은 그런 작은 장난감에는 관심이 가지 않고 그것을 얻었다고 해서 크게 기쁘지는 않아. 나의 욕심이 많아져서 일까? 아니면 눈높이가 올라간 걸까? 그도 아니면 단지 관심사가 옮겨간 것일까?

지금 쓰는 낡은 이 휴대폰도 처음에는 완전 새 것, 좋은 것이라고 만족해했는데 금새 새로운 것이 나오고 유행이 바뀌고 하면서 낡아졌다고 새로 바꿀 궁리만 하고 있어. 지금 내가 좋아하고 갖고 싶어하는 것들도 또 얼마의 시간이 지나면 옛 것이 되고 유행이 지나간 것이 되겠지? 해야할 일이 많아지고 갖고 싶은 것도 많고 쫓아다니는 것들도 많아져서 내 시간이 점점 없어져 가는 것 같아. 그래서 하는 것 없이 그저 시간을 흘려보내면 정작 무슨 일을 해야할 때에는 시간이 부족해서 쩔쩔 매게 되는 것 같아. 그래서 시간을 어떻게 보낼 것인지 생각을 좀 하면서 시간을 써야 할 것 같아.

나는 시간이 흐르면서 얻는 것도 많지만 그만큼 잃는 것도 많은 것 같아. 또 시간이 흐름에 따라 가질 수도 있는 것도 많지만 갖지 않아야 할 것도 늘어나고 있어. 앞으로 일어날 일에 대한 걱정거리나 아직 생기지도 않은 일 때문에 고민하고 내가 갖지 못한 것 때문에 비교하면서 불만족하기도 해. 또 살아가면서 웃을 일도 많지만 슬픈 일도 많이 일어나는 것 같아. 시간이 흐르면서 자연스럽게 겪게 될 일 때문에 나는 너무 힘들어하지 않기로 했어. 그저 흐르는 시간 속에 나를 맡겨보려고.

그렇다고 아무렇게나 시간을 흘려보내라는 말은 아니야. 한 번 흘러가 버린 시간을 되돌릴 수 없기 때문에 시간을 소중히 여기면서 살아야 한다는 뜻이야. 너무 지금 당장, 무엇을 이루기 위해서 너무 애쓰지 말고 시간이 흐르면 할 수 있는 것들이 많으니까 지금은 되도록 좋은 쪽, 긍정적으로 생각하면서 다가오는 시간을 맞이하면 좋겠어.

모으는 재미

엄재범

혹시 뭐 모으는 재미 알아? 어떤 친구는 수집하는 이 재미를 알거고 경험이 없는 친구는 모를거야. 야. 그런데 한 번 이 맛에 빠지면 좀처럼 헤어나오기 어렵거든. 나도 아홉 살 때 그 재미에 빠져 버렸는데 그건 바로 포켓몬 카드야. 지금부터 모으는 재미를 알게 해 준 나의 포켓몬 카드 이야기를 해볼게.

포켓몬 카드에는 다양한 능력치를 가진 포켓몬 그림이 그려져 있어서 매우 흥미로웠어. 이 카드는 오랫동안 엄마를 귀찮게 했는데 내가 카드를 사달라고 엄청나게 졸랐기 때문이야. 조르고 또 졸라서 마침내 한 박스의 카드를 살 수 있었어. 그때의 감격을 잊을 수 없지. 난 발을 동동거리며 좋아했고 한 번 벌어진 입과 팔을 좀처럼 오므릴 수가 없었어. 박스 안에 는 자그마치 서른 장의 낱팩이 들어있었는데 한 팩씩 까보면 그 안에는 다섯 장의 카드들이 들었어. 한 팩마다 낼 수 있는 성과는 서로 달랐어.

'드디어 나는 한 박스를 샀다! 아, 얼마나 좋은 성과를 낼까?'

성과에 대한 기대로 마음이 벅차고 설레고 기쁘고 아주 요동쳤지. 그 이후로도 나는 자그마치 2년 동안 천 장의 포켓몬 카드를 모았어. 막상 카드를 깠을 때 좋은 카드가 나올 확률은 천 분에 오십도 되지 않고 그만큼 좋은 카드를 모으는 것은 힘들었어. 하지만 노력 끝에 한 장 한 장 좋은 카드를 모으는 맛에 나는 카드를 모은 것에 열을 올렸어. 바라던 카드를 갖게 되었을 때의 기분은 아주 좋고 상쾌한 기분까지 느끼게 해주었지. 지금은 더 이상 포켓몬 카드를 모으지 않지만 글을 쓰는 지금도 그때 내가 느꼈던 모으는 재미가 새록새록 떠올라. 어쩌면 어른들은 이러실 수도 있어.

"그깟 카드가 뭐라고"

하지만 그때의 나는 온통 그것만이 전부였고 진지했어. 좋은 카드를 얻기 위해 갖은 궁리를 했던 열정이 생각나기도 해.

요즘도 슈퍼마켓 앞에 가면 조그마한 장난감을 사고 싶거나 휴게소 앞에서 뽑기 장난감을 갖고 싶어서 발을 동동 거리면서 사달라고 조르는 아이들을 볼 수 있어. 오래 갖고 놀지도 않고 장난감의 수준도 낮다며 안 사주시려고 하는 것도 어른들의 마음도 조금 이해 할 수 있지. 하지만 나는 그러시지 말고 사주시라고 말하고 싶어. 그 아이의 세상은 그게 재미이고 기쁨이니까 웬만하면 모으는 그 재미를 느끼게 해주시는 것도 좋겠다고, 속으로 조용히 말씀 드리고 싶어.

배가 고파도 야식은 안돼

옥주현

안녕? 늦은 밤의 야식은 너무 좋지. 기분도 좋아지고 배불리 먹고 푹 잠을 잘 생각에 벌써 행복해지지. 뭐를 시켜볼까 하고 고민하는 순간에도 신이나서 콧노래가 난다고? 그런데 안타깝게도 나는 배가 고파도 야식은 안 되는 이유를 알려주려고 해. 왜냐하면 그동안 나는 야식으로 불편한 밤을 여러 번 보냈고 먹을 때에 느끼는 잠깐의 기쁨보다 다음날에 감당해야 할 안 좋은 점들을 많이 알기 때문이야. 배가 고파 뭐를 좀 먹어볼까하고 고민인 친구라면 내 이야기 한 번 들어봐.

너희들은 야식 자주 먹니? 이 글을 읽고나면 생각이 조금 달라질지도 모르겠어. 일단 늦은 밤에 야식을 먹으면 사실 푹 잠들기가 어려워져. 만약 야식을 먹었다면 방금 칼로리를 섭취했기 때문에 몸 속에서 에너지로 바꿔. 이건 잠을 깊이 자고 재충전하는데 필수적인 수면 주기를 방해하게 돼서 여덟시간 잠을 제대로 못 자게 해. 잠을 자고 일어나도 가뿐하지 않고 속이 불편한 느낌을 갖게 돼. 화장실도 불편하고 그러다가 학교에서 급작스러운 일을 당하게도 하고 말이야.

또 체중을 줄이는 중이라면 특히 야식은 좋지 않아. 예를 들어 새벽 한 시에 시리얼을 먹고 잠자리에 들게 되면 몸은 휴식을 취하게 되고 시리얼이 소화기관에 그대로 머물러 있게 해. 그렇게 되면 칼로리, 지방, 탄수화물이 섭취되어 만들어진 에너지가 몸을 움직이는데 쓰이지 못하고 사용할 일이 없어서 그대로 몸에 쌓이게 돼. 그러면 그건 다 체중이 되어 몸무게가 무거워져버려. 그러면 어떻게 하느냐? 출출한 상태에서 잠자리에 들면 야식이 생각나기 쉬워. 그래서 저녁 식사를 너무 짜게 먹거나 달게 먹는 것은 좋지 않아. 건강에 좋은 음식을 선택해서 먹고 배가 고픈 상태로 잠자리에 들지 않도록 해.

만약 늦은 밤에 배가 고프다면 우유 같은 간단한 음식을 소량으로 먹으면 될 것 같아. 지금까지 나는 늦은 밤에 야식을 먹으면 안되는 이유를 설명했어. 내 글이 네가 야식을 참는데에 조금이라도 도움이 되었으면 좋겠어. 우리 모두 건강하게 살자.

Recommendations

6학년 4반 작가들에게 전하는 어느 어머니의 마음

똑똑, 6학년 고민상담소의 작가님들께

초등학교생활을 마무리하며 이렇게 뜻깊은 출판기념회를 개최함을 진심으로 축하드립니다. 저는 사춘기 6학년 아이를 처음 맞이하는 초보 아줌마이자 여러분 모두의 엄마입니다. 여러분의 얼굴 하나하나 눈 마주치며 이 흐뭇한 마음을 전하고 싶지만 부끄러움이 많고 수줍어서 짧은 글로 축하의 마음을 대신합니다. 소중한 자리를 마련해 주신 조수연 선생님께 온 마음 다해 감사드리고 올 한해 아이들을 사랑해 주신 데에 대해서도 무한한 감사를 드립니다.

작가님들, 첫 장부터 마지막 장까지 어쩜 이렇게 세심하고 친절한 이야기들로 꾸며졌는지 모두 정말 대단합니다. 글을 읽는 동안 눈물을 글썽이다가 웃다가 반성도 하였습니다. 지나온 2022년 열세 살의 6학년은 정말 행복한 시간들이었습니다. 잘 지도해 주신 선생님도 여기 계시지만 마침내 책 한 권을 완성해 낸 건 여러분의 노력 덕분이라고 생각합니다. 아주 대견스럽고 자랑스럽습니다.

저도 예전 그 시절 고뇌했던 이야기들을 여러분처럼 친절한 선배님들이 알려주었더라면 밤잠 설치고 고민 많았던 사춘기를 보다 수월하게 보내지 않았을까 생각해 보니 후배인 여러분이 부럽기도 합니다. 여기 적힌 여러분의 고민들-친구, 사춘기, 혼란스러운 마음, 키, 잘하고 싶은 마음, 외모, 중학교, 공부, 그리고 불확실한 미래 이야기-이 세밀하고 현명한 해법들로 마무리되어 있어 어른인 저에게도 많은 도움이 되고 있습니다.

여러분은 고민들에 대한 답을 이미 잘 알고 있는 것 같습니다.

'괜찮아', '잘했어', '너희들은 할 수 있어, 응원할게', '너희들 모두가 너무 소중하고 고마워', '실수해도 괜찮아, 틀려도 괜찮아', '너희들은 그래도 괜찮아'

모두 책에 나오는 여러분들의 이야기입니다. 잘하는 것은 나중에 해도 된다고 생각해요 도전하고 경험하고 이리저리 궁리하고 흔들리면서도 위로 위로 바른 방향을 향해 나아가고 있는 여러분이 정말 사랑스럽습니다. 앞으로 여러분 인생에서 선택의 순간들을 만났을 때 지금처럼 슬기롭게 잘 헤쳐나갈 수 있을 거라는 믿음이 생깁니다.

당면한 중학 진로에 대해 고민하고 있는 나의 딸과 친구분들 여러분 모두가 지망하던 학교 갈 수 있도록 매일 기도하며 우리 엄마들은 오늘도, 지금 이 순간도 소중한 아들딸들을 너무 사랑하고 있음을 전하며 축사를 마무리합니다.

참 멋진 녀석들, 사랑한다.

Epilogue

대구신암초등학교 6학년 4반,

괜찮아, 잘하고 있어

선생님과 함께 해줘서 고맙고 사랑한데이

앞으로도 잘될거야, 그러니까 걱정하지 마

졸업 축하해

우리 반을 항상 뒤에서 응원해 주시고

사랑으로 지켜봐 주신

학부모님께 특별히 감사 드립니다.

2022. 겨울
6-4 담임이라 좋고 행복나눔 글쓰기부라 또 좋은 빵글샘